5分でドキドキ！

超胸キュンな話

夜野せせり
相川 真
神戸遥真
野々村花

集英社みらい文庫

5分《ふん》でドキドキ! 人気《にんき》シリーズ大集合《だいしゅうごう》!

超《ちょう》胸《むね》キュンな話《はなし》

もくじ

渚《なぎさ》くんをお兄《にい》ちゃんとは呼《よ》ばない
雨《あめ》の日《ひ》の留《る》守《す》番《ばん》
夜《よる》野《の》せせり・作《さく》
森《もり》乃《の》なっぱ・絵《え》
好《す》きな人《ひと》はきょうだい兼《けん》
クラスメート！
ふたりで買《か》い物《もの》にでかけるけど…？

『渚《なぎさ》くんをお兄《にい》ちゃんとは呼《よ》ばない』とは…

小学《しょうがく》5年生《ねんせい》の千歌《ちか》は、親《おや》の再婚《さいこん》でモテ男子《だんし》・渚《なぎさ》くんのきょうだいになってしまう。イジワルだけど、ときどきやさしい渚《なぎさ》くんを好《す》きになってしまい…!?

登《とう》場《じょう》人《じん》物《ぶつ》

高坂《こうさか》 渚《なぎさ》

千歌《ちか》のクラスメートで学校《がっこう》1モテる。
サッカークラブに所属《しょぞく》。

鳴沢《なるさわ》千歌《ちか》

まんが好《ず》きの地味女子《じみじょし》。パパの再婚《さいこん》で、いきなりきょうだいができて…!?

超《ちょう》モテ男子《だんし》との生活《せいかつ》は絶対《ぜったい》にヒミツ！

なぜならライバルが多《おお》いから…。

バレないように、変装《へんそう》したことも

そんな生活《せいかつ》だけど

ちょっとずつキョリが近《ちか》づいて…

鳴沢《なるさわ》ファミリー

鳴沢《なるさわ》学《まなぶ》

千歌《ちか》のパパ。

メタボな体型《たいけい》だけど

やさしい。

高坂《こうさか》みちる

渚《なぎさ》と悠斗《ゆうと》の母《はは》。

歯科医院《しかいいん》で

働《はたら》いている。

高坂《こうさか》悠斗《ゆうと》

渚《なぎさ》の兄《あに》の中学《ちゅうがく》１年生《ねんせい》。

王子様《おうじさま》のようなルックス。

渚《なぎさ》くんにだけは、口《くち》うるさいらしい。

灰色《はいいろ》の重《おも》たい雲《くも》から、雨《あめ》のしずくがぽつりぽつりと落《お》ちてきて、窓《まど》ガラスをつたっていく。

「せっかくの結婚式《けっこんしき》なのに、あいにくの天気《てんき》ね」

みちるさんが、窓《まど》の外《そと》をながめて、ため息《いき》をついた。

「昨日《きのう》まで、秋晴《あきば》れのきもちいい日《ひ》がつづいていたのに、今日《きょう》にかぎって雨《あめ》なんて」

みちるさんは、黒《くろ》いシックなパーティドレスに、パールのネックレス。いつもより華《はな》やかにメイクされた顔《かお》の横《よこ》で、ゴールドのフープピアスがゆれている。

「みちるさん、きれい……」

思《おも》わず、うっとりとつぶやくと、みちるさんはとたんに赤《あか》くなって、

「やだあっ。千歌《ちか》ちゃんったら！」

と、あたしの背中《せなか》をぺちぺちたたいた。


今日《きょう》、みちるさんとパパは、お友《とも》だちの結婚式《けっこんしき》に出席《しゅっせき》する。

でも、会場《かいじょう》が遠《とお》くて、高速道路《こうそくどうろ》を使《つか》っても車《くるま》で2時間《じかん》はかかるらしくて。まだ朝《あさ》の8時《じ》だけど、もう家《いえ》をでなきゃ、11時《じ》からの式《しき》に間《ま》に合《あ》わないんだって。

「みちる、そろそろいこう」

パパがネクタイを結《むす》びながらみちるさんをせかした。

「はいはい。悠斗《ゆうと》、渚《なぎさ》、千歌《ちか》ちゃん。くれぐれもよろしくね。だれかきてもドアはあけないように。7時《じ》ごろには帰《かえ》れると思《おも》うけど、また連絡《れんらく》するね」

あたしと悠斗《ゆうと》くんは、はーいと返事《へんじ》をして、ふたりを見送《みおく》った。

雨《あめ》の日曜日《にちようび》。

子《こ》どもたちだけで留守番《るすばん》だ。なんだかどきどきしちゃう。

渚《なぎさ》くんは、あたしのとなりで、ふわあと大《おお》きなあくびをしている。

さっき起《お》きたばかりの渚《なぎさ》くんは、パジャマがわりにしている長《なが》そでT《ティー》シャツとジャージのまま。髪《かみ》の毛《け》も寝《ね》ぐせがついて、左耳《ひだりみみ》の上《うえ》あたりがぴんとはねている。

いつもあたしのことを「ねぼすけ」って言《い》ってからかう渚《なぎさ》くんだけど、今日《きょう》は渚《なぎさ》くんのほうがねぼすけだ。

寝起《ねお》きの無防備《むぼうび》なすがたでも、渚《なぎさ》くんはかっこいい。意志《いし》の強《つよ》そうな大《おお》きな瞳《ひとみ》も、いまはとろんと眠《ねむ》たげで、なんだかそれさえもかわいくて。本当《ほんとう》にずるい。

渚《なぎさ》くんは、すごく女《おんな》の子《こ》にもてる。

運動神経《うんどうしんけい》がよくてサッカーのクラブチームで活躍《かつやく》してて、背《せ》が高《たか》くて顔立《かおだ》ちも整《ととの》っていて、クラスでも中心《ちゅうしん》にいて……、って、もてないわけがないよね。

そんな、キラキラまぶしい渚《なぎさ》くんとは対照的《たいしょうてき》に、あたしは教室《きょうしつ》のすみっこでひっそりすごしている地味女子《じみじょし》。

かわいくもないし、勉強《べんきょう》も中《ちゅう》の下《げ》ぐらいだし、運動《うんどう》はまるでダメ。ゆいいつがんばっていることといえば、まんがを描《か》くことくらい。

渚《なぎさ》くんとは、同《おな》じクラスなのに接点《せってん》がなくて、たいしてしゃべったこともなかった。

だけど、あたしのパパと、渚《なぎさ》くんのママのみちるさんが再婚《さいこん》して、あたしたちはきょうだいになってしまったんだ。

そして、ひとつ屋根《やね》の下《した》でいっしょに暮《く》らしている。

「渚《なぎさ》ー。ぼくたち、今日《きょう》の朝《あさ》ごはんはかんたんなものですませたから。おまえも自分《じぶん》でパン焼《や》いて食《た》べろよー？」

洗面所《せんめんじょ》にむかった渚《なぎさ》くんに、悠斗《ゆうと》くんが声《こえ》をかけた。

悠斗《ゆうと》くんは渚《なぎさ》くんのお兄《にい》ちゃんで、あたしたちよりふたつ年上《としうえ》の中学《ちゅうがく》1年生《ねんせい》。

さらさらの髪《かみ》に、ふちなしメガネ。その奥《おく》の瞳《ひとみ》はすっと切《き》れ長《なが》で、知的《ちてき》でおとなっぽい。

実際《じっさい》、頭《あたま》もいいし、やさしいし、料理《りょうり》も上手《じょうず》で、完璧《かんぺき》な王子様《おうじさま》って感《かん》じなんだ。

冷静《れいせい》でしっかりもので、とにかくやさしい第《だい》一王子《おうじ》・悠斗《ゆうと》くんに、きっぱり自分《じぶん》の意見《いけん》を言《い》う、負《ま》けずぎらいで正義感《せいぎかん》の強《つよ》い第《だい》二王子《おうじ》・渚《なぎさ》くん……。

そんなことを考《かんが》えて、ぼけっとしていたら、うしろからこつんと頭《あたま》をこづかれた。

ふりかえると、渚《なぎさ》くん。顔《かお》を洗《あら》って寝《ね》ぐせも直《なお》して、しゃっきりすっきり目覚《めざ》めている。

「千歌《ちか》。おれ、いまから着替《きが》えてくるから、パン焼《や》いておいて。それから牛乳《ぎゅうにゅう》も注《つ》いでおいて。ヨーグルトあったらだしといて」

「ちょ、ちょっと待《ま》って！　注文多《ちゅうもんおお》すぎ！」

「妹《いもうと》なんだからいうこと聞《き》けよ」

「妹《いもうと》は召使《めしつか》いじゃありません！」

むきーっと頭《あたま》から湯気《ゆげ》をだして、断固《だんこ》、抗議《こうぎ》！

そんなあたしを見《み》て、渚《なぎさ》くんはぷっとふきだした。

「おまえ、怒《おこ》ってる顔《かお》、マジでおもしれーよな。一回鏡見《いっかいかがみみ》てみ？」

む、むっかーっ！

あたしのこと、わざと怒《おこ》らせておもしろがってる？　さいってー！

渚《なぎさ》くんは、いっつもこんな感《かん》じ。自分《じぶん》のほうが「兄《あに》」で立場《たちば》が上《うえ》とか言《い》って、えらそうな態度《たいど》とるの。あたしより誕生日《たんじょうび》が先《さき》ってだけなのに。

だけど、本当《ほんとう》は。……すごく、やさしい。

あたしが悩《なや》んでいると、まっすぐな言葉《ことば》ではげましてくれるし、力《ちから》になってくれるし、心配《しんぱい》もしてくれる……。

胸《むね》が、きゅうっと苦《くる》しくなった。

あたし。渚《なぎさ》くんのことが好《す》き。最初《さいしょ》は反発《はんぱつ》してたのに、いつの間《ま》にか芽生《めば》えた「好《す》き」っていう気持《きも》ちは、毎日毎日《まいにちまいにち》、どんどんふくらんでいって止《と》められないの。

「……パンぐらい、焼《や》いてあげるか」

小《ちい》さくつぶやいて、あたしは食《しょく》パンをトースターにセットした。

雨《あめ》はしとしとと降《ふ》りつづける。

あたしたち3人《にん》は、お昼《ひる》に昨日《きのう》の残《のこ》りのカレーを食《た》べたあと、リビングでまったりすごしていた。

「今日《きょう》は夜《よる》までずっと雨《あめ》みたいだよ」

テレビの天気予報《てんきよほう》を見《み》ていた悠斗《ゆうと》くんが言《い》った。

「つまんねーの。せっかくの日曜《にちよう》なのに、外《そと》でサッカーもできねーし」

渚《なぎさ》くんがぶうたれてソファにあおむけに寝《ね》ころがる。

「母《かあ》さんたちはいいよなあ。いまごろ、ごうかな料理《りょうり》食《く》ってんだろうな」

頭《あたま》の中《なか》に、前《まえ》にテレビで見《み》た、芸能人《げいのうじん》の結婚披露宴《けっこんひろうえん》の光景《こうけい》が広《ひろ》がった。純白《じゅんぱく》のウエディングドレスを着《き》た花嫁《はなよめ》さんが、だんなさんといっしょに、幸《しあわ》せそうにほほえんで、キャンドルに火《ひ》をともすんだ。

「いいなあ……」

あたしはまだ、結婚式《けっこんしき》にでたことがない。

「パパとみちるさんも挙《あ》げればいいのにね、結婚式《けっこんしき》」

みちるさんのウエディングドレスすがた、きれいだろうなあ。

あたしも渚《なぎさ》くんも悠斗《ゆうと》くんもドレスアップして、ふたりの結婚《けっこん》を祝福《しゅくふく》するの。

男《おとこ》の子《こ》って、ああいうとき、なにを着《き》るのかなあ？　きりっとしたスーツに、ネクタイ？

見《み》たい。渚《なぎさ》くん、絶対《ぜったい》ににあう。

だけど、あたしが頭《あたま》の中《なか》に思《おも》い描《えが》いたのは、タキシードすがたの渚《なぎさ》くんだった。となりにならんだあたしの、純白《じゅんぱく》のヴェールを、そっと持《も》ちあげて……。

って、きゃーっ！　あたし、なに考《かんが》えてんのっ！

「結婚式《けっこんしき》、かぁ。うまいものが食《た》べられるんだったらそれもいいけど。仔羊《こひつじ》のステーキなんとかソース添《ぞ》えとか、そういうの」

渚《なぎさ》くんはそっけなく答《こた》えると、身《み》を起《お》こしてテレビのリモコンを手《て》に取《と》った。

渚《なぎさ》くんってば、食《た》べ物《もの》のことばっかり。勝手《かって》に妄想《もうそう》しちゃってたあたしがばかみたい。

そんなあたしの心中《しんちゅう》など気《き》づくはずもなく。渚《なぎさ》くんはリモコンのボタンを押《お》した。

とたんにチャンネルがかわり、おどろおどろしい効果音《こうかおん》が流《なが》れはじめる。

「おっ！　心霊特集《しんれいとくしゅう》だってよ！　千歌《ちか》、こういうの好《す》きだったよな？」

「や、やめてよっ！」

あたしがこの世《よ》でいちばんこわいものは、おばけなのに！　こんな雨降《あめふ》りの薄暗《うすぐら》い日《ひ》に心霊特番《しんれいとくばん》なんて観《み》たら、夜《よる》ひとりで眠《ねむ》れなくなっちゃうよ！

「ふうーん。千歌《ちか》ちゃんってホラーが好《す》きなんだ」

悠斗《ゆうと》くんがにっこり笑《わら》う。

悠斗《ゆうと》くんまで！　絶対《ぜったい》に、あたしが幽霊《ゆうれい》が大《だい》きらいってこと、わかってて言《い》ってる。

「おっ！　わけあり中古物件《ちゅうこぶっけん》でつぎつぎに起《お》こる怪現象《かいげんしょう》だってよ？　おもしろそうじゃん」

「ふうん、わけありかあ。人《ひと》が死《し》んだとかかな？　そういえばこの家《いえ》も中古《ちゅうこ》だったよね。こんなにきれいなのに格安《かくやす》だったらしいよ？　まさか、わけあり……とか？」

悠斗《ゆうと》くんが意味深長《いみしんちょう》ににやりと口《くち》の端《はし》をあげる。

「や、や、やめてっ！」

あたしは涙目《なみだめ》になりながら渚《なぎさ》くんからリモコンをうばうと、ぷつんと電源《でんげん》を切《き》った。

「きょうだいそろって、いじわるばっかり言《い》わないでよ！」

「ごめんごめん」

悠斗《ゆうと》くんが苦笑《くしょう》しながらあたしの頭《あたま》をなでた。

「リアクションがおもしろくて、つい」

「だろ？」

渚《なぎさ》くんがくくっと笑《わら》う。

あたしは下《した》くちびるをぎゅっとかむと、悠斗《ゆうと》くんと渚《なぎさ》くんを交互《こうご》ににらんだ。

性格《せいかく》も趣味《しゅみ》もぜんぜんちがうふたりなのに、こんなときだけ意気投合《いきとうごう》しないでほしいよ！

そして、そのあと。

「からかったおわびに、宿題教《しゅくだいおし》えるよ」

という、悠斗《ゆうと》くんのひとことで、勉強会《べんきょうかい》がはじまってしまった。

悠斗《ゆうと》くんはすごく教《おし》えかたがうまくてわかりやすいんだけど、結構《けっこう》スパルタっていうか。

気《き》づいたら、宿題《しゅくだい》だけじゃなくって、問題集《もんだいしゅう》やドリルまでみっちりやらされていた。

渚《なぎさ》くんは「なんでおれまで」と文句《もんく》を言《い》いながらも、さらさらと解《と》いている。

勉強《べんきょう》ぎらいとか言《い》っておきながら、なんだかんだでできるんじゃん。

それにくらべてあたしは、ガチで苦手《にがて》だし。

そんなことを思《おも》って軽《かる》く落《お》ちこんでいたら、プルルルルルル、と、家《いえ》の電話《でんわ》が鳴《な》った。

悠斗《ゆうと》くんが立《た》ちあがって電話《でんわ》にでる。

「あっ、母《かあ》さん？　どうしたの？　……うん、うん。わかった」

どうやら、みちるさんからみたい。なにかあったのかなあ？

通話《つうわ》を終《お》えた悠斗《ゆうと》くんがもどってきて、

「母《かあ》さんたち、道《みち》が大渋滞《だいじゅうたい》してて帰《かえ》りが遅《おそ》くなりそう、だって」

と、肩《かた》をすくめた。

「何時《なんじ》ごろになるの？」

壁掛《かべか》け時計《どけい》を見《み》やると、もう夕方《ゆうがた》の5時《じ》。

「わからない。夕食《ゆうしょく》は自分《じぶん》たちでつくって食《た》べるから、母《かあ》さんたちも食《た》べてきなよってつたえておいた。万一《まんいち》のためにって、少《すこ》しお金《かね》を預《あず》かってるから、それでなにか準備《じゅんび》しよう」

渚《なぎさ》くんがとたんに目《め》をかがやかせて、ぱちんと指《ゆび》を鳴《な》らした。

「ステーキ焼《や》こうぜステーキ。ブランド牛《ぎゅう》の」

悠斗《ゆうと》くんがため息《いき》をついて、冷《ひ》ややかな目《め》で渚《なぎさ》くんをみつめる。

「ムダづかいしたら怒《おこ》られるに決《き》まってるだろ。そもそもそんなにたくさんもらってないし」

「ちぇっ。ケチ。っつーか兄《にい》ちゃん、ホントはたくさんもらってんのに、ごまかして自分《じぶん》の財布《さいふ》に入《い》れるつもりじゃねーだろうな？」

渚《なぎさ》くんの言《い》いがかりをさくっと無視《むし》して、悠斗《ゆうと》くんはキッチンにいって食材《しょくざい》のチェックをはじめた。

あたしと渚《なぎさ》くんも、ついていく。

「キャベツがたくさんあるな。……うん」

つぶやいて冷蔵庫《れいぞうこ》の扉《とびら》をしめると、悠斗《ゆうと》くんは戸棚《とだな》をがさごそ探《さぐ》りはじめた。

「あった。これこれ」

悠斗《ゆうと》くんが手《て》にしているのは、大《おお》きなホットプレート！

「悠斗《ゆうと》くん、なにつくるの？」

「お好《この》み焼《や》きにしようと思《おも》うんだけど」

思《おも》わず、わあっと声《こえ》をあげてしまった。

ホットプレートで焼《や》きながら食《た》べるんだ！　楽《たの》しそう！

「足《た》りない材料《ざいりょう》があるから、いまからふたりで買《か》いにいってくれる？」

悠斗《ゆうと》くんがにっこり笑《わら》う。

「わかった。兄《にい》ちゃん、買《か》うものメモしといてよ」

渚《なぎさ》くんはすぐにリビングにもどって勉強道具《べんきょうどうぐ》を片《かた》づけはじめた。

さては、外《そと》にでたくてうずうずしていたな？

「千歌《ちか》ちゃん。渚《なぎさ》がよけいなものまで買《か》わないか、ちゃんと目《め》を光《ひか》らせておいてね」

悠斗《ゆうと》くんがあたしに、こっそり耳打《みみう》ちした。

「まかせて」

渚《なぎさ》くんとふたりで、夕《ゆう》ごはんのお買《か》いものかあ。わくわくしちゃう！


雨《あめ》の降《ふ》る中《なか》、ふたりで傘《かさ》をさしてスーパーマーケットへむかう。

渚《なぎさ》くんときょうだいになったことは、学校《がっこう》のみんなにはないしょにしているから、もしだれかに見《み》られたら大変《たいへん》。

一応《いちおう》、ごまかせるように、だてメガネはかけてきたけど。この天気《てんき》だし、たぶんだれも出歩《であ》いてないよね。

やがて、スーパーに着《つ》いた。渚《なぎさ》くんがかごを持《も》つ。

「なに買《か》うんだったっけ？」

「えっと。お好《この》み焼《や》きソース、長《なが》いも、イカ、青《あお》のりだって」

悠斗《ゆうと》くんから預《あず》かったメモを読《よ》みあげる。

「あと、お好《この》み焼《や》きに入《い》れたい具《ぐ》があれば買《か》っていいって言《い》ってたよ。ちなみに、豚肉《ぶたにく》とチーズはもう家《いえ》にあるって」

野菜売《やさいう》り場《ば》をうろうろ。食品《しょくひん》を冷《ひ》やしているせいか、お店《みせ》の中《なか》はすごくひんやりしている。なんだか肌寒《はだざむ》くて、思《おも》わず腕《うで》をさすった。

「おまえ、寒《さむ》いの？」

「えっ？　うん、ちょっとだけ」

すると渚《なぎさ》くんは、自分《じぶん》の羽織《はお》っていたパーカーを脱《ぬ》ぎはじめた。

「ほら。これ、着《き》とけよ」

ぱさっと、あたしに投《な》げる。とっさにキャッチした。

「で、でも」

「いいから着《き》とけって。おれは寒《さむ》くねーし」

「……………ありがと」

もごもごとお礼《れい》を言《い》って、渚《なぎさ》くんのパーカーを羽織《はお》る。あたしにはサイズが大《おお》きくてぶかぶかで、そでがあまった。

パーカーには渚《なぎさ》くんのぬくもりが残《のこ》っていて。まるで、包《つつ》みこまれているみたいで……。

「おっ。あった、長《なが》いも」

渚《なぎさ》くんが長《なが》いもをかごに入《い》れる。そのひょうしにあたしを見《み》て、すぐさま眉《まゆ》をよせた。

「だいじょうぶか？　千歌《ちか》。顔赤《かおあか》いぞ」

「えっ！」

思《おも》わず、自分《じぶん》のほおに手《て》を当《あ》てた。燃《も》えるように熱《あつ》い。

渚《なぎさ》くんのせいだよ。あたし、いま、渚《なぎさ》くんの服《ふく》を着《き》ている。そう思《おも》ったら、どきどきが止《と》まらないんだもん。

ぽーっとしながら歩《ある》く。渚《なぎさ》くんは、つぎつぎに材料《ざいりょう》をかごに入《い》れていった。

「千歌《ちか》。お好《この》み焼《や》きに、もち入《い》れる？」

「あ。あたしはいい。それよりコーンを入《い》れたいな」

「コーンな。缶《かん》づめのでいい？」

「う、うん」

あたしたちは、家族《かぞく》。渚《なぎさ》くんが兄《あに》、あたしが妹《いもうと》。だからこうやって、いっしょにお買《か》いものなんてしているわけだけど。

でも、このやりとり。彼氏《かれし》彼女《かのじょ》を通《とお》りこして、まるで夫婦《ふうふ》みたい……。

頭《あたま》の中《なか》で、チャペルの鐘《かね》が鳴《な》りひびいた。ふたたび、タキシードすがたの渚《なぎさ》くんのイメージがふわんと広《ひろ》がる。

いつか。いつか、本当《ほんとう》にそんな日《ひ》がきたら……、なんて。

「よし。これでオッケーだな」

渚《なぎさ》くんの声《こえ》で、われにかえった。思《おも》わずとなりを見《み》あげると、渚《なぎさ》くんは、

「なんだよ。おれの顔《かお》になんかついてる？」

と、きょとんとした。

「う、ううん。なんでもない。レジにいこっ」

いけない。つい、意識《いしき》しちゃう。どきどき、どきどき。落《お》ち着《つ》け心臓《しんぞう》！

夕《ゆう》ごはん前《まえ》で混《こ》む時間《じかん》なのか、レジの前《まえ》には長《なが》い列《れつ》ができていた。

ならんで順番《じゅんばん》を待《ま》っていると。

「あれっ？　渚《なぎさ》じゃね？」

男《おとこ》の子《こ》の声《こえ》がした。

やばい！　とっさにパーカーのフードをかぶって顔《かお》をかくす。おそるおそる見《み》ると、知《し》らない男子《だんし》が、笑顔《えがお》で渚《なぎさ》くんの肩《かた》をたたいている。しかも、ふたり連《づ》れ。

だ、だれ？　けっこうかっこよくて、目立《めだ》つタイプって感《かん》じ。渚《なぎさ》くんと同類《どうるい》の、キラキラオーラをまとってる。ちがう学校《がっこう》の子《こ》たちかなあ？

「なに？　買《か》い物《もの》？　親《おや》は？」

「親《おや》は今日《きょう》いなくてさ。兄《にい》ちゃんに買《か》い物《もの》たのまれて」

なんだかすごく親《した》しげ。あたしは、つま先《さき》で渚《なぎさ》くんのスニーカーをつついた。

「むこうで話《はな》してきたら？」

ひそひそ声《ごえ》で、こっそり、ささやく。

渚《なぎさ》くんは、わりい、と手《て》を合《あ》わせるジェスチャーをした。

「えっ？　このコだれ？　まさかカノジョ？」

「まさか。イトコだよ。うちに遊《あそ》びにきてんの」

さらっとかわして、渚《なぎさ》くんはふたりといっしょにお店《みせ》の出入り口《でいぐち》のほうにいってしまった。

渚《なぎさ》くんってば、そんなにすぐさま否定《ひてい》しなくても……。

あたしは「カノジョ」って言《い》われてどきっとしたのに。

ふうっと、息《いき》をつく。だよね。かんちがいされたくないよね。

レジの順番《じゅんばん》がきた。ピッ、ピッ、と、店員《てんいん》さんがバーコードを読《よ》みとっていく。

期待《きたい》しちゃいけないんだ。あたしはあくまで「妹《いもうと》」で、「彼女《かのじょ》」になんてなれない。

なのに、結婚式《けっこんしき》の妄想《もうそう》までしちゃってた自分《じぶん》がはずかしいよ。

ため息《いき》をつきながら、かごの中身《なかみ》に視線《しせん》を落《お》とすと、なにやら変《か》わったものが入《はい》っている。ケチャップみたいな真《ま》っ赤《か》な容器《ようき》で、ラベルには、怒《おこ》って目《め》を吊《つ》りあげた唐辛子《とうがらし》のイラストが。

……これって。

げ、激辛《げきから》デスソース？　渚《なぎさ》くんってば、ふざけてこんなもの入《い》れて！

返品《へんぴん》しますって言《い》おうとしたけど、あたしのうしろには長《なが》い列《れつ》がつづいていて、そんなこと言《い》いだせる雰囲気《ふんいき》じゃない。

結局《けっきょく》、そのままお金《かね》をはらった。

かごの中身《なかみ》をエコバッグに詰《つ》めていく。渚《なぎさ》くんはまだもどってこない。

出入《でい》り口自動《ぐちじどう》ドアちかくの、商品《しょうひん》のないスペースに陣《じん》どって、お友《とも》だちと楽《たの》しそうに盛《も》り上《あ》がっている。

悠斗《ゆうと》くんも待《ま》っていることだし、先《さき》に帰《かえ》ろうかな。

荷物《にもつ》でふくらんだバッグを持《も》って出口《でぐち》へ。笑顔《えがお》でしゃべっている渚《なぎさ》くんに視線《しせん》を投《な》げると、目《め》が合《あ》った。

でも、すぐに友《とも》だちに話《はな》しかけられて、また会話《かいわ》にもどってしまった。

いつまでしゃべってる気《き》だろう。ため息《いき》をつきながらお店《みせ》の外《そと》にでる。

まだ雨《あめ》は降《ふ》りつづいている。軒下《のきした》にある傘立《かさた》てに手《て》をのばして、そして、気《き》づいた。

あたしの傘《かさ》がない！

どうして？　だれかがまちがえて持《も》っていっちゃった？

どうしよう。帰《かえ》れないよ。

なすすべもなく、あたしはお店《みせ》の軒下《のきした》にたたずんで、空《そら》を見《み》あげていた。

小降《こぶ》りになれば、そのすきに走《はし》って帰《かえ》ろうと思《おも》っていた。

だけど、雨《あめ》のいきおいはどんどん増《ま》していく。渚《なぎさ》くんは、まだこない……。あたしがお店《みせ》をでたの、気《き》づいていたのに。

キラキラまぶしい、友《とも》だちの男子《だんし》たち。あの子《こ》たちといっしょにいる渚《なぎさ》くんもキラキラしていて……、ううん、ふたりよりもっとかがやいて見《み》えた。

ずりあげていたパーカーのそでが、すべり落《お》ちてきた。その手《て》もとを、じっとみつめる。

渚《なぎさ》くんが遠《とお》く感《かん》じる。

っていうか。そもそも、世界《せかい》がちがう人《ひと》だったんだ。いつも明《あか》るい場所《ばしょ》にいて、女《おんな》の子《こ》にもてるだけじゃなくって、男子《だんし》の友《とも》だちにも好《す》かれている渚《なぎさ》くん。

あたしとはちがう。

親《おや》の再婚《さいこん》で家族《かぞく》になっただけのあたしといっしょにいるときより、キラキラ仲間《なかま》の友《とも》だちといっしょにいるときの渚《なぎさ》くんのほうが、いきいきして見《み》える。

いまだって、話《はなし》に夢中《むちゅう》で、完全《かんぜん》にあたしのことなんて忘《わす》れてしまってるもん。

もういい。もう、あたし、雨《あめ》にぬれながら帰《かえ》る。

やけくそな気持《きも》ちで1歩前《ぽまえ》にふみだした、そのタイミングで。

「千歌《ちか》！」

自動《じどう》ドアがひらいて、渚《なぎさ》くんがでてきた。

「まいった。すっげー話《はなし》が盛《も》り上《あ》がってさ」

「……楽《たの》しそうだったね」

「ん？　まあな。あいつら、サッカークラブのチームメイトなんだよ。学校《がっこう》はちがうんだけどさ」

ふうん、と、気《き》のない返事《へんじ》をする。

渚《なぎさ》くんが、自分《じぶん》の傘《かさ》を、ぱんっとひらいた。

「あれ？　っつーか千歌《ちか》、傘《かさ》は？」

「…………なくなってた」

「マジかよ！　だれかが持《も》ってってったのかな」

渚《なぎさ》くんはあたしの手《て》からエコバッグをうばうと、自分《じぶん》の傘《かさ》をあたしのほうへかたむけた。

「ほら、入《はい》れよ。そんな辛気《しんき》くさい顔《かお》すんなって」

「で、でも」

「なくなったもんはしょうがねーだろ。今日《きょう》のとこはもう帰《かえ》んないと。すっかり遅《おそ》くなっちまったし」

遅《おそ》くなったのは、渚《なぎさ》くんのせいじゃん。

あたしはぷいっと横《よこ》をむくと、傘《かさ》には入《はい》らず、ずんずんと歩《ある》きだした。

水《みず》たまりをふんで、ぱしゃっと、水《みず》しぶきが跳《は》ねる。

「なにやってんだよ！　ぬれるだろ？」

すぐに渚《なぎさ》くんが追《お》いついて、あたしの腕《うで》をひいた。

そのままあたしは、渚《なぎさ》くんの傘《かさ》の中《なか》に入《はい》るかたちになってしまった。

しぶしぶ、歩《ある》きだす。

「そうだよね。渚《なぎさ》くんから借《か》りたパーカーが、ぬれたらいけないよね」

「なんだよ、その言《い》いかた。服《ふく》なんてべつにどうでもいいし」

渚《なぎさ》くんの声《こえ》に怒《いか》りが混《ま》じった。

「傘《かさ》がなくなってくやしいのはわかるけど、おれに当《あ》たるなよ」

「……！　当《あ》たってなんかないし！」

それに、べつに傘《かさ》のことを気《き》にしているわけじゃない。

あたし、忘《わす》れられてさびしくて、ひとりでずっともやもやしてたのに。渚《なぎさ》くん本人《ほんにん》は、
待《ま》たせたことを、まったく気《き》にしてないみたいなんだもん。

渚《なぎさ》くんはあたしから顔《かお》をそむけて、口《くち》をつぐんでしまった。

だけど律儀《りちぎ》に、傘《かさ》をさしかけてくれている。

冷《つめ》たい雨《あめ》が傘《かさ》をたたく音《おと》が、いやに大《おお》きくひびく。

あたし。いま、好《す》きな人《ひと》とあいあい傘《がさ》してるのに、どうしてこんなに悲《かな》しい気《き》持《も》ちでいっぱいなの？

紺色《こんいろ》の傘《かさ》の下《した》。ふれそうなほどすぐそばに渚《なぎさ》くんがいるのに。


家《いえ》に帰《かえ》ると、悠斗《ゆうと》くんがでむかえてくれた。

「遅《おそ》かったから心配《しんぱい》したよ。もうキャベツ刻《きざ》んでるから、急《いそ》いで準備《じゅんび》しよう」

「ごめんね、時間《じかん》かかって」

悠斗《ゆうと》くんにあやまったあと、じろっと渚《なぎさ》くんをにらんだ。渚《なぎさ》くんが油売《あぶらう》ってたせいですから。

「なんだよ。なんでにらむんだよ」

「べつに？」

ぶつぶつ文句《もんく》を言《い》いあいながら廊下《ろうか》を歩《ある》く。リビングで、借《か》りていたパーカーを脱《ぬ》ぐと、きれいにたたんで渚《なぎさ》くんにつきだした。

「どうもありがとうございましたたすかりました」

棒読《ぼうよ》みでひと息《いき》につげる。渚《なぎさ》くんの目《め》は見《み》ない。

「なんでおまえ、そんなに怒《おこ》ってんの？　わけわかんね。言《い》いたいことがあるなら、はっきり言《い》えよ」

「…………」

はっきり言《い》えればいいんだろうけど、自分《じぶん》でもうまく言葉《ことば》にできないんだもん。

ちょっと待《ま》たされたぐらいで怒《おこ》るとか、まるで、すごくわがままな子《こ》みたいだし。

でも、ね。たんに、さびしかっただけじゃない。

あのときのあたしは、完全《かんぜん》にかやの外《そと》で。渚《なぎさ》くんをとりまくキラキラした人《ひと》たちの輪《わ》の中《なか》には、永遠《えいえん》に入《はい》っていけないんだろうな、って。

思《おも》い知《し》らされた気《き》がしたんだ……。

「ふたりとも、てつだってよー」

悠斗《ゆうと》くんが呼《よ》んでいる。はあいと返事《へんじ》をして、あたしはキッチンにむかった。

悠斗《ゆうと》くんはてきぱきと段《だん》どりよく作業《さぎょう》する。あたしがのろのろと長《なが》いもをすりおろしているあいだに、キャベツ以外《いがい》の具《ぐ》を刻《きざ》み、洗《あら》いものまですませてしまった。

「ベテラン主婦《しゅふ》って感《かん》じ……」

つぶやくと、悠斗《ゆうと》くんはすちゃっとメガネのフレームをあげた。

「まあね。父《とう》さんが亡《な》くなったあと、母《かあ》さんにいろいろ仕《し》こまれたからね」

「えらいなあ。あたしもママはいなかったけど、パパとおばあちゃんにまかせっきりで、かんたんなおてつだいしかしなかったもん」

「えらくないよ。ぼくは料理《りょうり》が性《しょう》に合《あ》ってるっていうか、趣味感覚《しゅみかんかく》でやってるだけだよ。頭《あたま》の中《なか》で食材《しょくざい》を組《く》み合《あ》わせたり、味《あじ》を想像《そうぞう》したりするのが楽《たの》しいんだ」

「へえ……」

「兄《にい》ちゃん。これ、どんぐらい混《ま》ぜればいいの？」

渚《なぎさ》くんが、具材《ぐざい》と粉《こな》を合《あ》わせたボウルをかかえて、混《ま》ぜている。

「もう、それぐらいでいいよ。軽《かる》くで」

リビングのテーブルの上《うえ》にはすでにホットプレートがだされている。悠斗《ゆうと》くんがスイッチを入《い》れて、あたしはソースやマヨネーズ、それにお皿《さら》も、キッチンから運《はこ》んだ。

「さ。じゃあ、いよいよ焼《や》こう」

悠斗《ゆうと》くんが、プレートにうすく油《あぶら》をぬり、カットした豚《ぶた》バラ肉《にく》をならべる。じゅうっと音《おと》がして、お肉《にく》の焼《や》けるいいにおいが広《ひろ》がった。

豚《ぶた》バラに火《ひ》が通《とお》ったところで、その上《うえ》にまるく生地《きじ》を落《お》とす。小《ちい》さめのものを、２枚《まい》。

しばし、待《ま》つ。

「生地《きじ》のはしっこが乾《かわ》いてきた。もうそろそろひっくりかえしてもいいんじゃないかな」

悠斗《ゆうと》くんが言《い》うと、渚《なぎさ》くんが、

「おれがやる！」

と、ヘラを手《て》に取《と》った。

渚《なぎさ》くんが？

「ほんとにだいじょうぶなの？」

思《おも》わず、声《こえ》にだして言《い》ってしまった。しかも、すごくトゲのある言《い》いかた……。

渚《なぎさ》くんは、あきらかにむっとしている。

「ひっくりかえすのだけは得意《とくい》なんだよ、渚《なぎさ》は」

悠斗《ゆうと》くんが笑《わら》った。

「だけ、とはなんだよ。だけ、とは」

ぶつくさ言《い》いながらも、渚《なぎさ》くんはヘラを器用《きよう》に使《つか》ってお好《この》み焼《や》きをひっくりかえした。

「見《み》ろよ。自分《じぶん》で言《い》うのもなんだけど、めちゃくちゃ上手《うま》いだろ？」

勝《か》ちほこったような目《め》で、あたしを見《み》やる。

「千歌《ちか》はどーせできないんだろ？　要領悪《ようりょうわる》いもんな、おまえ」

「なによ、その言《い》いかた！　あたしだってできるし、そのぐらい。お好《この》み焼《や》きひっくりかえしただけで、えらそうに」

「ふーん。じゃあやってみろよ」

「言《い》われなくてもやるし」

渚《なぎさ》くんの手《て》からヘラをうばった。

「おまえさ、そこまで言《い》って、できなかったらどうなるかわかってんだろうな」

「な、なに？」

「罰《ばつ》ゲームだよ。激辛《げきから》デスソース。あれぬって食《く》えよな」

デスソース。ラベルに描《か》かれていた、目《め》の吊《つ》りあがった唐辛子《とうがらし》のイラストがよみがえった。たぶんあれ、地獄《じごく》のように辛《から》いはず……。

だけどここで、ひるんだところを見《み》せるわけにいかない。

「い、いいよ？　罰《ばつ》ゲーム、受《う》けてたとうじゃん」

「渚《なぎさ》も千歌《ちか》ちゃんもやめろよ。なんだよ、デスソースって」

悠斗《ゆうと》くんが止《と》めようとしたけど、もうひっこみがつかない。

両手《りょうて》にヘラを持《も》ってかまえた。いきおいでできると言《い》ったものの、実《じつ》はやったことがない。ホットケーキも、オムレツも、ひっくりかえしたことなんてないよ。

じゅうじゅうと音《おと》をたてて焼《や》ける生地《きじ》を、ぎゅっとにらみつける。

「早《はや》くしねーと、こげるぞ？」

渚《なぎさ》くんがせかす。

あせったあたしは、えいやっと、力《ちから》まかせにひっくりかえ、せ……、て、ない！

べちゃっとお好《この》み焼《や》きがつぶれて、ホットプレートの外《そと》にはみでてしまった……。

「あーあ。もったいねー」

渚《なぎさ》くんがこれみよがしにため息《いき》をついた。むっ、かあーっ！

「まだ間《ま》に合《あ》うし！　ちゃんと食《た》べれるし！」

ムキになって、はみだした部分《ぶぶん》をヘラでひろってすくいあげようとするけど、うまくいかない。

「へたくそ。おれがやるって」

渚《なぎさ》くんが強引《ごういん》にヘラをうばおうとしたから、「いやだっ！」と抵抗《ていこう》した。

「貸《か》せって、意地《いじ》っぱり」

「意地《いじ》っぱりで悪《わる》かったね！」

「やめろよふたりとも！」

悠斗《ゆうと》くんが止《と》めるけど、あたしも渚《なぎさ》くんもあとにひけない。

ヘラをうばいあって、押《お》し合《あ》いへし合《あ》いしていた、そのとき。

「あつっ！」

とつぜん、右手《みぎて》にびりっと痛《いた》みが走《はし》った。熱《あつ》い！

いきおいで、熱《ねっ》されたホットプレートにふれてしまったんだ！

「千歌《ちか》っ！」

渚《なぎさ》くんがすぐさまあたしの手首《てくび》をつかんだ。

「大変《たいへん》だ！　すぐ冷《ひ》やさねーと！」

そのまま、キッチンに連《つ》れていかれる。

渚《なぎさ》くんは、蛇口《じゃぐち》をひねって、いきおいよく流《なが》れる水《みず》であたしの手《て》を冷《ひ》やした。

やけどしたのは、小指《こゆび》のつけ根《ね》のあたり。ひりひりと痛《いた》む。

「……赤《あか》くなってる」

「だ、だいじょうぶだよ。びっくりして大《おお》きな声《こえ》でちゃったけど、たいしたやけどじゃないし……」

渚《なぎさ》くんは、まだあたしの手首《てくび》をしっかりとつかんでいる。

どきどきと、鼓動《こどう》がはやくなる。

「……ごめん。罰《ばつ》ゲームとか、バカなこと言《い》わなきゃよかった」

「ううん。ムキになったあたしも悪《わる》かったの」

流《なが》れでる水道水《すいどうすい》の冷《つめ》たさで、かあっと熱《あつ》くたぎっていた頭《あたま》の中《なか》も、しだいに冷《ひ》やされていく。

「おれ、千歌《ちか》がなんであんなにいつまでも怒《おこ》ってんのか理解《りかい》できなくて。腹《はら》が立《た》って、いらいらしてた。それで、けしかけるようなことをした」

あたしはゆっくりと首《くび》を横《よこ》に振《ふ》った。

「ごめんね。あたしがちゃんとつたえなかったから。あのね」

水《みず》の流《なが》れる音《おと》がする。あたしはまっすぐに、渚《なぎさ》くんの目《め》をみつめた。

「渚《なぎさ》くん、お店《みせ》で友《とも》だちと楽《たの》しそうにしゃべってたでしょ？　それであたし、その……。さびしくて。渚《なぎさ》くんに忘《わす》れられちゃったみたいで」

あらためて言葉《ことば》にすると、やっぱりあたし、こんな小《ちい》さなことですねてばかみたい、って思う。

あのとき。はずかしいよあたしなんてどうせ、渚くんにとって、どうでもいい存在《そんざい》なんだろうなって、

そう思《おも》ってしまって、……胸《むね》が苦《くる》しくなったんだ。

渚《なぎさ》くんは、きゅっと蛇口《じゃぐち》をひねって、水《みず》を止《と》めた。

「ほんと、バカだな。おまえ」

そう言《い》って、ふっと、やわらかい笑《え》みをこぼした。

「バカだよね。自分《じぶん》でもそう思《おも》う」

渚《なぎさ》くんのあたしを見《み》るまなざしが、なんだかやさしくて……。どきどきが加速《かそく》する。

そのとき。

「千歌《ちか》ちゃん、だいじょうぶ？」

すぐうしろで悠斗《ゆうと》くんの声《こえ》がして、びっくりして、とびあがりそうになってしまった！

あたしと渚《なぎさ》くんは、すぐさま、ぱっと離《はな》れた。

か、会話《かいわ》、聞《き》かれてないよね？

悠斗《ゆうと》くんは薬箱《くすりばこ》をかかげて見《み》せた。

「どこにあるかわからなくて探《さが》してたから、遅《おそ》くなっちゃったよ。ごめんね」

「う、うん。ありがとう」

それから、悠斗《ゆうと》くんがやけどに薬《くすり》をぬって手当《てあ》てしてくれた。

仕切《しき》り直《なお》して、お好《この》み焼《や》きを再開《さいかい》！

こんどは、渚《なぎさ》くんが、お好《この》み焼《や》きをうまくひっくりかえすこつを教《おし》えてくれた。

「じゃあ、やってみるね。えいっ！」

できた！　こんどはばっちり成功《せいこう》！

ソースとかつおぶし、青《あお》のりをたっぷりかけて食《た》べるあつあつのお好《この》み焼《や》きは、とってもおいしい！

タネはたっぷりある。つぎつぎに、焼《や》いていく。

「あっ。あたし、チーズをトッピングしようと思《おも》ってたのに、忘《わす》れてた！」

立《た》ちあがって、小走《こばし》りでキッチンへ。

どこにあるんだろうと、冷蔵庫《れいぞうこ》をあけて探《さが》していたら。

「おれも、飲《の》み物《もの》」

すっと、うしろから腕《うで》がのびてきた。な、渚《なぎさ》くん！

渚《なぎさ》くんの腕《うで》が、あたしの顔《かお》のすぐ横《よこ》にある。

渚《なぎさ》くんは、炭酸《たんさん》ジュースのペットボトルに手《て》をかけて、取《と》りだした。

「ご、ごはんのときにジュース飲《の》んだらダメでしょ」

うちでは、そういうルールになっているんだ。

「今日《きょう》ぐらい、いいだろ。せっかく親《おや》いないんだし」

でも、と言《い》いながらふりかえると。渚《なぎさ》くんは、ぱっとあたしから目《め》をそらして、

「それと。おれも、今日《きょう》は待《ま》たせて悪《わる》かった。でも、おまえのこと、忘《わす》れてたわけじゃねーんだからな」

もごもごと、つぶやくように言《い》った。

渚《なぎさ》くん……。

胸《むね》がいっぱいになって。苦《くる》しくてなにも言《い》えずにいると。

がちゃっと、玄関《げんかん》のドアがあく音《おと》がした。

「ただいまー！　あれっ、すごくいいにおい！」

みちるさんの明《あか》るい声《こえ》。
帰《かえ》ってきたんだ！
大人《おとな》たちのいない、長《なが》い1日《にち》は、これにて終了《しゅうりょう》。
あたしは冷蔵庫《れいぞうこ》からチーズを取《と》りだすと、ぱたんと扉《とびら》をしめた。

（おわり）

青《せい》星《せい》学《がく》園《えん》★チームEYE-S《アイズ》の事《じ》件《けん》ノート
～ウサギをつかまえろ！～
キラキラ男子《だんし》4人《にん》と
ドキドキすぎる遊《ゆう》園《えん》地《ち》へ!?
相《あい》川《かわ》 真《しん》・作《さく》
立《た》樹《き》まや・絵《え》
MAP

青《せい》星《せい》学《がく》園《えん》★チームEYE-S《アイズ》の事《じ》件《けん》ノート とは…

わたし、青星学園中《せいせいがくえんちゅう》等部《とうぶ》1年生《ねんせい》の春内《はるうち》ゆず。あるひみつがあって、目立《めだ》たず、フツーの生活《せいかつ》を送《おく》るのが目標《もくひょう》だったのに、キラキラの男《おとこ》の子《こ》4人《にん》と『チームEYE-S《アイズ》』を組《く》むことになっちゃって!?

character

おもな登場人物《とうじょうじんぶつ》

翔太《しょうた》（赤月翔太《あかつきしょうた》）

中学《ちゅうがく》1年生《ねんせい》。才能《さいのう》のある子《こ》ばかりが集《あつ》められたS《エス》クラスの一員《いちいん》。サッカー部《ぶ》のスポーツ特待生《とくたいせい》。

ゆず（春内《はるうち》ゆず）

中学《ちゅうがく》1年生《ねんせい》。目立《めだ》たず、平和《へいわ》な中学生活《ちゅうがくせいかつ》を送《おく》るのが目標《もくひょう》。『トクベツな力《ちから》』を持《も》っている？

ルリちゃん
ゆずのクラスメートでクラスの女《じょ》王《おう》的《てき》存在《そんざい》。翔太《しょうた》を好《す》きらしい…!?
RURI
レオ（白石玲央《しらいしれお》）
背《せ》がすごく高《たか》くて、女《じょ》子《し》に大人気《だいにんき》。現役《げんえき》モデルで、おしゃれなイタリアのクォーター。
黒《くろ》のプリンス
KUROT
クロト（泉田黒斗《いずみだくろと》）
やわらかい雰囲気《ふんいき》が、王子様《おうじさま》みたい。12歳《さい》にして、プロの芸術家《げいじゅつか》。専門《せんもん》は西洋画《せいようが》。
白《しろ》の貴公子《きこうし》
LEO
孤高《ここう》の天才《てんさい》
KYO
キヨ（佐次清正《さじきよまさ》）
将来《しょうらい》は東大合格確実《とうだいごうかくかくじつ》といわれてる。クールで、だれも笑《わら》ったところを見《み》たことがないんだって。

1 チームEYE-S《アイズ》！

わたし、春内《はるうち》ゆず。
中学《ちゅうがく》一年生《ねんせい》で、青星学園《せいせいがくえん》っていう、イイトコの私立校《しりつこう》に通《かよ》ってるんだ。
わたしのモットーは、目立《めだ》たず、地味《じみ》に、平穏《へいおん》な学校生活《がっこうせいかつ》をおくること。
——実《じつ》は、わたしにはひとつ、ひみつがある。
そのせいで、小学校《しょうがっこう》でずっとイジメられてたんだ。
だから、中学校《ちゅうがっこう》では目立《めだ》たず、平穏《へいおん》に生《い》きていこうって決《き》めた。
……うん、まあ、ちょっと後《うし》ろむきな気《き》もするけども！
でも、目立《めだ》つって、ホントイイことないんだから……！

真《ま》っ青《さお》に晴《は》れた、空《そら》の下《した》。大《おお》きな観覧車《かんらんしゃ》が、ゆっくりとまわってる。

ここは、『ハッピーランド』っていう、すっごく大《おお》きな遊園地《ゆうえんち》。今日《きょう》は遠足《えんそく》で、一年生《ねんせい》みんなで来《き》てるんだ。

ジャカジャカ明《あか》るい音楽《おんがく》が聞《き》こえて、それだけで、すごくワクワクするよね！

先生《せんせい》が、ぱんぱん、と手《て》をたたいた。

「はい、解散《かいさん》！　好《す》きな友《とも》だちとグループを作《つく》って、まわりなさい」

(どうしようかな……クラスのおとなしい子《こ》のグループに、まぜてもらおうかなあ)

実《じつ》はわたし、クラスで『友《とも》だち！』って言《い》える子《こ》、まだいないんだよね。

……その原因《げんいん》が、これ。

「あの子《こ》、やっぱりひとりだよ、かわいそ」

くすって笑《わら》ったのは、朝木瑠璃《あさきるり》ちゃんって女《おんな》の子《こ》。クラスのリーダー的女子《てきじょし》なんだ。くるくるに巻《ま》いた髪《かみ》と、ぱっちりとした目《め》が、すっごくかわいい。

ルリちゃんは、取《と》りまきの子《こ》たちと、こっちを見《み》て笑《わら》っていた。

「――だってあの子《こ》、友《とも》だちいないもんね」

うちのクラスは、ルリちゃんがぜったいルール。逆《さか》らっちゃだめ。

でもわたし、ルリちゃんに嫌《きら》われてるっぽいんだよねー……。

だからクラスの子《こ》たちは、ルリちゃんがいるときは、そっと目《め》をそらしちゃう。

(はあ、このままだとぼっち遊園地《ゆうえんち》だ)

しゅん、と肩《かた》を落《お》とした――そのときだ。

駐車場《ちゅうしゃじょう》に残《のこ》っていたクラスの子《こ》たちが、ざわっとした。

「S《エス》クラスだ！」

まわりの子《こ》が、「きゃあああ！」っと歓声《かんせい》をあげた。

「ねえ、こっち来《き》てない⁉」

「ウソっ、なんでなんで？　こっちに手《て》をふってるよ、だれかに⁉」

(まずい……っ！)

なんでわたしがびくびくしてるか、っていうと。

青星学園《せいせいがくえん》で一番目立《いちばんめだ》つ人《ひと》たちが――こっちにむかって、手《て》をふっているからだ……。

――S《エス》クラス。

今年《ことし》の四月《がつ》から新《あたら》しくできた、特別《スペシャル》クラスのこと。

なにかひとつ、秀《ひい》でた才能《さいのう》を持《も》った人《ひと》たちが集《あつ》められてるんだ。スポーツ特待生《とくたいせい》とか、現役芸能人《げんえきげいのうじん》とかね。

そしてそのなかに、目立《めだ》ちまくりの、キラキラ輝《かがや》くイケメン四人組《にんぐみ》がいる――！

「――ああ、いた、ゆずちゃんだ。よかったね、まだエントランスに残《のこ》ってて」

とろけそうなプリンススマイルを浮《う》かべた、男《おとこ》の子《こ》。

【黒《くろ》のプリンス】泉田黒斗《いずみだくろと》くん。

十二歳《さい》にしてプロの画家《がか》。専門《せんもん》は西洋画《せいようが》で、個展《こてん》も開《ひら》いてる芸術家《げいじゅつか》だよ。

クロトくんの横《よこ》で、園内《えんない》マップを見《み》ながら、小《ちい》さくため息《いき》をついた男《おとこ》の子《こ》。

「やっと見《み》つかったか。さっさとつれていくぞ。時間《じかん》もないしな」

【孤高《ここう》の天才《てんさい》】佐次清正《さじきよまさ》くん。

将来《しょうらい》は東大合格確実《とうだいごうかくかくじつ》、と言《い》われてる、超《ちょう》・天才少年《てんさいしょうねん》。

いつだってクールで冷静《れいせい》、笑《わら》ったところをだれも見《み》たことがないんだって。

「きゃあああ、レオくんだ！」

なんて、女子《じょし》の歓声《かんせい》がひときわ大《おお》きくなる、その人《ひと》。

【白《しろ》の貴公子《きこうし》】白石玲央《しらいしれお》くん。

なんと、本物《ほんもの》の芸能人《げいのうじん》でモデルさん。すらっと背《せ》が高《たか》くて、制服《せいふく》の胸《むな》もとからキラっと見《み》えるアクセサリーが、すごくカッコいい。

「まあまあ、せっかくの遊園地《ゆうえんち》なんだから、もっと楽《たの》しもうよ。デートでもするみたいにさ」

くす、と笑《わら》う、その微笑《びしょう》がとんでもなく甘《あま》い。

……まちがいなく、学園《がくえん》で一番《いちばん》女子《じょし》にモテる人《ひと》だ。

そのレオくんの横《よこ》で、ニっと笑《わら》うその人《ひと》を見《み》て、わたしの胸《むね》がドキっと音《おと》を立《た》てた。

……その男《おとこ》の子《こ》は、赤月翔太《あかつきしょうた》くん。

制服《せいふく》のソデをまくって、気合《きあ》い十分《じゅうぶん》って感《かん》じで、横《よこ》のレオくんに笑《わら》いかけた。

「デートとか浮《う》かれてんじゃねーぞ、レオ」

「はは。そういうのは、翔太《しょうた》よりおれのほうが詳《くわ》しいかもねー。なんせおれのがモテるから」

「あー？　なわけねえだろ。おれのほうがモテんの」

顔《かお》を見《み》あわせて、ははっと笑《わら》いあう。

翔太《しょうた》くんは、天才《てんさい》サッカー少年《しょうねん》なんだ。

サッカー部《ぶ》のエースで、将来《しょうらい》は日本代表確実《にっぽんだいひょうかくじつ》だって言《い》われてる。足《あし》がすっごく速《はや》くて、サッカー部《ぶ》の赤《あか》いユニフォームを着《き》て走《はし》ると、まるで弾丸《だんがん》みたいに見《み》えるんだって。

だから【赤《あか》い弾丸《だんがん》】って、呼《よ》ばれてる。

……最近《さいきん》、わたしちょっとおかしいんだよね。

翔太《しょうた》くんのまわりだけ、キラキラして見《み》えるっていうか……。

太陽《たいよう》みたいな笑顔《えがお》だったり、まっすぐ前《まえ》を見《み》つめる瞳《ひとみ》だったり。

そういうの見《み》るたび、どうにかなっちゃいそう——って、思《おも》う。

翔太《しょうた》くんが、よく通《とお》る声《こえ》で——わたしの名前《なまえ》を、呼《よ》ぶ。

「行《い》くぞ、ゆず！」

（うわわ……もうなんで！　心臓《しんぞう》、バクハツしそうっ！）


……わたしは春《はる》に起《お》きた事件《じけん》のせいで、このとんでもなく目立《めだ》つ四人《にん》とチームを組《く》むことになった。学校《がっこう》や、近所《きんじょ》の事件《じけん》を解決《かいけつ》する、っていうね。

チーム『ＥＹＥ《アイ》―Ｓ《ズ》』っていうんだ。

本当《ほんとう》にいろいろあったけど、わたし、この四人《にん》の仲間《なかま》になるって決《き》めた。

――でも……。

（普通《ふつう》の学校生活《がっこうせいかつ》で、こんな目立《めだ》つ人《ひと》たちといっしょは、すっごく困《こま》るよー!!）

まわりの女子《じょし》からの視線《しせん》が、ザックザク刺《さ》さってるから！

逃《に》げようとしてるわたしの前《まえ》に、ずいっとなにかがつきつけられた。

『限定《げんてい》イベント☆ウサギをつかまえろ！』……？

「ウサギの着《き》ぐるみつかまえて、風船《ふうせん》をうばうんだってさ。一位《い》だったら、あの観覧車《かんらんしゃ》のＶＩＰ《ブイアイピー》チケットがもらえるんだぜ」

翔太《しょうた》くんが、びしっと観覧車《かんらんしゃ》をさした。

あそこにはひとつだけVIP《ブイアイピー》席《せき》があるんだ。ぜんぶガラス張《ば》りで、すっごく値段《ねだん》も高《たか》いし、予約《よやく》いっぱいだって聞《き》いたことある。

「これ、おれたちで挑戦《ちょうせん》しようぜ！」

「ええっ！　無理《むり》だよ！」

（S《エス》クラスと遊園地《ゆうえんち》とか、こわすぎて無理《むり》！）

「ああ？　いいから行《い》くぞ！」

翔太《しょうた》くんが、足《あし》もとに置《お》いてたわたしのカバンを、ガってつかんでいっちゃった！

（あー、カバンが人質《ひとじち》にっ！）

追《お》いかけなくちゃって……ひいっ！

背筋《せすじ》がゾクっとした。……ルリちゃんだ。

実《じつ》はルリちゃん、翔太《しょうた》くんのことが好《す》きみたい。……たぶん、レンアイって意味《いみ》で。

ぜったい零度《れいど》の視線《しせん》が、ザクザクっとつきささる。

（――ああもう、わたしの平穏《へいおん》、かえしてー！！）

2　ウサギをつかまえろ！

エントランスで、ウサギの着《き》ぐるみが、イベントの問題用紙《もんだいようし》を配《くば》っていた。

手《て》に風船《ふうせん》をいっぱい持《も》ってる。最後《さいご》に、あのウサギをつかまえろってことかな。

っていうか、なんかみんなこっち見《み》てない？

「ねえ、あれモデルの玲央《れお》じゃない？」

「横《よこ》にいるの、雑誌《ざっし》にのってた、超《ちょう》サッカーうまい子《こ》だよね！　うわ、イケメン……」

ああ、やっぱりこの四人《にん》のことだよね。ホント、どこ行《い》っても目立《めだ》つ人《ひと》たちだ……。

「ってかさー、横《よこ》の女《おんな》、なに？　だれかのカノジョ？」

「ナイでしょー、あんな地味《じみ》なの」

（……どこにも平穏《へいおん》がない……っ）

こそっとかくれようとしたわたしは、翔太《しょうた》くんにバッチリ見《み》つかった。

「ゆず、なにしてんだ。こっち来《こ》いよ。問題解《もんだいと》くから」

「……あ、うん」

ちょっとは、まわりの視線《しせん》気《き》にしてほしいなあ、なんて思《おも》いながら。

わたしも問題用紙《もんだいようし》をのぞきこんだ。

『あくねたおき　五十《ごじゅう》①↓』

なにこれ……暗号《あんごう》？

クロトくんが、手《て》に持《も》ったクレープをひとくち。

「この矢印《やじるし》、なんだろうね」

って、いつの間《ま》にクレープ!?　クロトくん、甘《あま》いものがすっごく好《す》きなんだよね……。

「クロト、お前《まえ》なあ……」

キヨくんがあきれたように肩《かた》をすくめた。そして、すぐに問題用紙《もんだいようし》をさす。

「これ、換字式暗号《かんじしきあんごう》だな。五十音《ごじゅうおん》の──」

「待《ま》て、キヨ」

翔太《しょうた》くんが手《て》をあげた。目線《めせん》でちらっと後《うし》ろをさす。

いつの間《ま》にか、ゲームに参加《さんか》してる人《ひと》たちが、こっちをチラチラ見《み》てる。

「みんな見《み》てっから、こっそりな——っと」

わたしの腕《うで》に、翔太《しょうた》くんの手《て》が！　ぐっとひき寄《よ》せられる。

（——えええっ！）

翔太《しょうた》くんの顔《かお》が、すごく近《ちか》い距離《きょり》に！

「おいゆず、もっと寄《よ》れよ。レオも」

「ああ、そういうことね。クロトはおれの横《よこ》ね」

右《みぎ》からレオくんの声《こえ》。レオくんも、ぐいっと体《からだ》を寄《よ》せてくる。

「……な、なになになに⁉」

「壁《かべ》だよ壁《かべ》。キヨの謎解《なぞと》き、見《み》られると困《こま》るだろ」

翔太《しょうた》くんが、あたりまえみたいに言《い》うけど！

左右《さゆう》から、翔太《しょうた》くんとレオくんの体温《たいおん》が伝《つた》わってきて——。

（これ、ぜったい顔《かお》あげらんないよ……）

わたしたちが作《つく》った壁《かべ》のなかで、キヨくんが、すごく冷静《れいせい》に言《い》った。

「これ、換字式暗号《かんじしきあんごう》ってヤツだ。五十音表《ごじゅうおんひょう》を、指定《してい》の数《かず》だけずらすんだ」

キヨくんが、ボールペンを取《と》りだして、紙《かみ》にさらさらとなにか書《か》きはじめた。

「たとえば、『うみ』って言《い》いたいなら、五十音表《ごじゅうおんひょう》を上《うえ》にひとつずらすとして、『いま』とか」

……なるほど。

「暗号《あんごう》は『あくねたおき　五十《ごじゅう》①↓』。『五十《ごじゅう》』は五十音表《ごじゅうおんひょう》、『↓』は下《した》に、①はひとつずらすだろ──」

キヨくんが、紙《かみ》に書《か》いたのは──。

『いけのちかく』

クロトくんが、園内《えんない》マップを広《ひろ》げた。

「池《いけ》の近《ちか》くにあるのは……『ゴールデンドラゴンコースター』だね」

「──えっ」

わたしと、そしてキヨくんの声《こえ》が、かぶった。

ごぉおおおおおおぉ！　っと、コースターが通《とお》りすぎて、

「きゃあああっ！」っと、のってる人《ひと》たちの悲鳴《ひめい》がひびく。

「……全員《ぜんいん》のらなくてもいい、よね？」

わたし、絶叫《ぜっきょう》マシンは大《だい》の苦手《にがて》……。

「そのはずだ。おれは待機《たいき》してるから」

キヨくんがしれっとそう言《い》った。

絶叫系苦手《ぜっきょうけいにがて》なのかな。ちょっと意外《いがい》、なんでもクールにサラっとこなしそうなのに。

でも、ここはキヨくんに便乗《びんじょう》しよう。

「わたしも待《ま》ってる！」

翔太《しょうた》くんがむっと口《くち》をとがらせた。

「おれたち全員《ぜんいん》で行《い》って、全員《ぜんいん》でクリアする。仲間《なかま》だろ！　ほら、行《い》くぞ！」

がしっと翔太《しょうた》くんの手《て》が、わたしの手首《てくび》をつかむ。

(ウソ！　やだってば！)

「はいはい、キヨも行《い》こうよ。こわくないからさ」

「え……っ」

キヨくんも、笑顔《えがお》のクロトくんにひっぱられてく。

ああ、いつもクールな顔《かお》が、ちょっとひきつってる……。

（――死《し》んじゃうかと思《おも》った……）

キヨくんもとなりで、心《こころ》なしかげっそりしてる。

「二度《にど》とのらない……」

その横《よこ》で、翔太《しょうた》くんが目《め》をキラッキラさせてた。

「すっげー楽《たの》しかったな！　あとでもう一回《かい》行《い》こうぜ！」

(ぜったいヤダ！　ぜんぜん楽《たの》しくない！)

クロトくんが、受付《うけつけ》のお姉《ねえ》さんから紙《かみ》を受《う》けとってきた。次《つぎ》の謎《なぞ》だ。

「写真《しゃしん》が一枚印刷《まいいんさつ》されてるね。この場所《ばしょ》をさがせ、ってことかな」

写真《しゃしん》には、どこかの壁《かべ》と、なにかの樽《たる》がふたつ。それと壁《かべ》に書《か》かれた文字《もじ》。英語《えいご》かなあ。

でもこれだけじゃ、どこに行《い》ったらいいかわからないよ。

翔太《しょうた》くんが、あごに手《て》をあてた。

「それっぽいとこ、しらみつぶしにあたるか？」

「壁《かべ》と文字《もじ》だけだから、手《て》がかりが少《すく》ないな。時間《じかん》がかかりそうだな」

そう言《い》ったキヨくんの横《よこ》から、レオくんが写真《しゃしん》を指《ゆび》さした。

「ここ、ちょっと見切《みき》れてるけど『MOLTO《モルト》　BUONO《ボーノ》』って書《か》いてある」

……今《いま》、なんて言《い》ったの？

レオくんの発音《はつおん》がなめらかすぎて、ぜんぜんわかんなかった。

「『MOLTO《モルト》　BUONO《ボーノ》』。イタリア語《ご》で『素晴《すば》らしくおいしい』っていう意味《いみ》。レストランじゃないかな。ワイン樽《だる》があるから、アルコールだせるようなところ」

レオくんは、イタリアとのクォーター。それにモデルの仕事《しごと》でいろんな国《くに》に行《い》ってるから、英語《えいご》とイタリア語《ご》はペラペラなんだって。

キヨくんが、園内《えんない》マップをじっと見《み》つめた。

「イタリア料理《りょうり》をだすレストランで、アルコールもOK《オーケー》の場所《ばしょ》は……広場《ひろば》の横《よこ》の『リストランテ　ピアセッボル』だけだ」

じゃあ次《つぎ》は、その広場《ひろば》のアトラクションってことだね！

「――……うわー……」

思《おも》わずそう言《い》ったのは、翔太《しょうた》くん。

それもそのはず。広場《ひろば》にあったのは――メリーゴーラウンド。

ピンクと白《しろ》と金色《きんいろ》がメインで、とってもメルヘン。

けっこうかわいいなって思《おも》うんだけど、男子《だんし》にはキツイよねー……。

「……やっぱり、待機《たいき》もありにしねえ？」

「なに言《い》ってるんだ、翔太《しょうた》」

キヨくんが、翔太《しょうた》くんの腕《うで》をがっしりつかんだ。

「全員参加《ぜんいんさんか》、全員《ぜんいん》でクリア、だろ？」

うわ……キヨくん、さっきのジェットコースター、めちゃくちゃ根《ね》に持《も》ってる。

「……マジ？」

ずるずるとひきずられていく翔太《しょうた》くんのあとを、みんなで追《お》いかけた。

……実《じつ》はわたし、ちょっとテンションあがってるんだ。

だって、色《いろ》とりどりの馬《うま》に、ピンクの馬車《ばしゃ》！　絵本《えほん》みたいに、大《おお》きな車輪《しゃりん》がついてる。

天井《てんじょう》には天使《てんし》がたくさん飛《と》んでて、キラキラの星《ほし》がいっぱい揺《ゆ》れてるんだ。

とまどっている男子《だんし》を放《ほう》っておいて、わたしはすごくワクワクしていた。

(どの馬《うま》にのろうかなあ……)

一頭《とう》だけ真《ま》っ白《しろ》な翼《つばさ》をはやした、ペガサスがいた。すごくきれいなんだ。

これにしよう。だけど、ちょっと背中《せなか》が高《たか》いかな。

のれなくて四苦八苦《しくはっく》してると、くすっと後《うし》ろから笑《わら》い声《ごえ》が聞《き》こえた。

「それにのりたいの？」

レオくんだ。金色《きんいろ》の手綱《たづな》をつかんで、足場《あしば》につま先《さき》をひっかける。長《なが》い足《あし》をひらりとかけて、かんたんに白馬《はくば》にまたがってしまった。

中学生男子《ちゅうがくせいだんし》が、メリーゴーラウンドの白馬《はくば》、って、ちょっとビミョウって思《おも》うよね。

……でもなんか、ぜんっぜん、違和感《いわかん》ない。

（ホント、【白《しろ》の貴公子《きこうし》】って感《かん》じだなあ……）

すごく感心《かんしん》していると、レオくんがこっちにむかって手《て》を差《さ》しだした。

「はい、ゆず」

「――え」

「ほら、お手《て》をどうぞ？」

……うっとりするぐらいの、レオくんの甘《あま》い声《こえ》。

レオくんの目《め》は、不思議《ふしぎ》な色《いろ》をしている。

じっと見《み》つめられると、ひきこまれそうで……。

思《おも》わず差《さ》しだした手《て》を、ぐいっとつかまれて。一気《いっき》に白馬《はくば》の上《うえ》にひっぱりあげられる。

（わ……高《たか》い！）

景色《けしき》に感動《かんどう》していると、ぐるっとあったかいものが、お腹《なか》にまわって……って！

（――うわあああっ！）

レオくんの腕《うで》が、後《うし》ろからぎゅうっと抱《だ》きしめてくる。

「な、なに、なにっ！」

「なにって、こうしないと落《お》ちるよ」

（声《こえ》が、耳《みみ》もとで――……っ）

キラキラした音楽《おんがく》がなりはじめ、メリーゴーラウンドがまわる。

心臓《しんぞう》バクバクで、顔《かお》は真《ま》っ赤《か》で。

音楽《おんがく》が止《と》まって、白馬《はくば》から（っていうか、レオくんの腕《うで》から）飛《と》びおりた。

「デートみたいだったね、ゆず」

レオくんはいつだって、大人《おとな》の余裕《よゆう》って感《かん》じで笑《わら》う。

こういうときのレオくんは、わたしをからかって遊《あそ》んでるんだっ！

「どうしたの、顔真《かおま》っ赤《か》で」

「う、うるさいーっ！」

（レオくんの馬鹿《ばか》っ！）

なんかすごく、つかれた。

（――メリーゴーラウンド、ぜんっぜん、楽《たの》しめなかったし！）

広場《ひろば》のパラソルの下《した》で、ランチってことになった。

わたしと翔太《しょうた》くんはお弁当《べんとう》、レオくんとクロトくん、キヨくんは、近《ちか》くのスタンドで、いろいろ買《か》ってきたみたい。

S《エス》クラスと仲《なか》よくランチ、なんて……だれかに見《み》つかりませんように！

レオくんが、サンドウィッチをかじりながら、次《つぎ》の紙《かみ》を広《ひろ》げた。

「……これ、絵《え》の一部《いちぶ》、か？　下《した》に文字《もじ》がある。『ここに、最後《さいご》のヒント』」

紙《かみ》には、なにかの絵《え》とか、彫刻《ちょうこく》っぽいものの一部《いちぶ》が印刷《いんさつ》されてる。

「どれもアップとか、一部《いちぶ》でわかりにくいな」

レオくんがつぶやいた。その横《よこ》から、クロトくんがすらすらと答《こた》えた。

「一番上《いちばんうえ》が、レオナルド・ダ・ヴィンチの『モナ・リザ』、その下《した》の彫刻《ちょうこく》の羽部分《はねぶぶん》は、『サモトラケのニケ』かな。その下《した》の顔《かお》だけのヤツは、『ミロのヴィーナス』、横《よこ》の旗《はた》だけのは『民衆《みんしゅう》を導《みちび》く自由《じゆう》の女神《めがみ》』だね」

……ほんのちょっとしかヒントがないのに……さすが、芸術家《げいじゅつか》。

そんなクロトくんの手《て》には、チョコバナナクレープ。

それ、今日《きょう》二個目《こめ》ですよね、ってツッコミは、みんなもうあきらめてるっぽい。

「この絵《え》や彫刻《ちょうこく》がぜんぶあるところは、ここだよね。ぼく行《い》きたかったんだ」

クロトくんはポケットから、一枚《まい》のチラシを取《と》りだした。

「『恐怖《きょうふ》の館《やかた》～真夜中《まよなか》の美術館《びじゅつかん》の恐怖《きょうふ》～』。ここに、絵《え》や彫刻《ちょうこく》がぜんぶあるんじゃないかな」

おお、とみんながおどろくなか。

わたしだけが、ひとり硬直《こうちょく》していた。

(『恐怖《きょうふ》の館《やかた》』って……お化《ば》け屋敷《やしき》、だよね⁉)

……わたし、こわいの大《だい》っ嫌《きら》いなんだよー！

3　恐怖《きょうふ》の館《やかた》

「うー……こわいよう」

ひとりで、自販機《じはんき》の前《まえ》でぶるぶるっとふるえる。恐怖《きょうふ》の館《やかた》に行《い》く前《まえ》に、ジュースを買《か》いに来《き》てるんだ。

（こわいんだけど、でも）

翔太《しょうた》くんの言葉《ことば》を、思《おも》いだす。

――全員《ぜんいん》で行《い》って、全員《ぜんいん》でクリアする。仲間《なかま》だろ！

仲間《なかま》、ってすごくジーンとくる言葉《ことば》だよ。わたしも『EYE―S《アイズ》』のメンバーだもん。

（……すっごくこわいけど……頑張《がんば》るしか、ないよね）

そう決《き》めて、よしっと気合《きあ》いを入《い》れたときだった。

「春内《はるうち》さん」

かわいい声《こえ》が、後《うし》ろから聞《き》こえた。……ルリちゃんだ。取《と》りまきの子《こ》たちもいっしょ。

「こんなところにいていいの？　翔太《しょうた》くんたち、恐怖《きょうふ》の館《やかた》に入《はい》っていっちゃったよ」

「ええっ！　ホントに？」

翔太《しょうた》くんたち、あっちのベンチで休憩《きゅうけい》してるはずだよね。

でも、ホントなら、すぐ追《お》いかけなくちゃ！

「あ、ありがと！　だけど、どうして……」

「翔太《しょうた》くんに伝言頼《でんごんたの》まれたんだ。『先行《さきい》ってるって伝《つた》えてくれ』って。あたしたちも恐怖《きょうふ》の館《やかた》に行《い》く途中《とちゅう》だったから。いっしょに行《い》かない？」

ルリちゃんがお姫様《ひめさま》みたいに笑《わら》う。……なんだか、ちょっとこわいかも。

(でも、ひとりで恐怖《きょうふ》の館《やかた》に行《い》くより、マシ……かな)

恐怖《きょうふ》の館《やかた》は、ブキミな二階建《かいだ》ての建物《たてもの》だった。

入《い》り口《ぐち》に『真夜中《まよなか》の美術館《びじゅつかん》の恐怖《きょうふ》』って書《か》いてある……。

(うーっ、ぞーっとする！)

ルリちゃんが、扉《とびら》をゆっくり押《お》しあける。ギギギギィィィって……ブキミな音《おと》が……っ。

「ほら行《い》こう、春内《はるうち》さん」

なかは真《ま》っ暗《くら》で、なんにも見《み》えない。

「これ、まっすぐでいいんだよね——」

ルリちゃんに聞《き》きたくて、横《よこ》を見《み》るけど。

(あれ、いない……?)

バタンっ!

真後《まうし》ろで音《おと》がして、跳《と》びあがった!

扉《とびら》、閉《し》まった!? ルリちゃんは……っ!?

扉《とびら》のむこうから、クスクスと声《こえ》がする。

「ごめんねー、春内《はるうち》さん。用事思《ようじおも》いだしちゃったから、あたしたち行《い》くね」

「ええっ!」

慌《あわ》てて扉《とびら》を押《お》すんだけど、これ、なかからあかないんだ!

ルリちゃんたちの声《こえ》が、扉《とびら》のむこうから聞《き》こえる。

「翔太《しょうた》くんたち、まだ広場《ひろば》にいるみたいだから、観覧車《かんらんしゃ》さそってみようよ」

「行《い》こう行《い》こう！」

えっ、翔太《しょうた》くんたち、ここに来《き》てないの!? 「あの観覧車《かんらんしゃ》、のった人《ひと》と、永遠《えいえん》にいっしょにいられるってジンクス、あるらしいよ」

「えー、ホント!?」

声《こえ》がだんだん遠《とお》ざかっていって……。ぽつん、と暗闇《くらやみ》のなかに、取《と》りのこされる。

（……もしかしてだまされた――！）


そこからは、恐怖《きょうふ》の連続《れんぞく》だった。

あああぁあぁあっ！

「ひゃー！　きゃー!!」

彫刻《ちょうこく》は叫《さけ》ぶし、動《うご》くし、白《しろ》い服《ふく》を着《き》た女《おんな》の人《ひと》が、おどかしてくるし！

（……も、やだ）

真《ま》っ暗《くら》な廊下《ろうか》のすみっこで、立《た》ちどまる。早《はや》くゴールしなくちゃいけないのに。

だって翔太《しょうた》くんたち、待《ま》ってるかもしれないから。

翔太《しょうた》くんたちは、わたしがこわがりだって知《し》ってる。

（……こわがって逃《に》げたって、思《おも》われちゃうかも）

そしたらEYE―S《アイズ》のみんなに、嫌《きら》われちゃうかもしれないな。

ぐすっと、とうとう、涙《なみだ》がこぼれた。ぎゅっとこらえてその場《ば》にしゃがみこむ。

それに、今《いま》ごろルリちゃんたちが、翔太《しょうた》くんを観覧車《かんらんしゃ》にさそってるはず。

（ルリちゃん、かわいいもん……）

翔太《しょうた》くんみたいな人《ひと》の横《よこ》には、ルリちゃんがふさわしいんだって、わかってる。

観覧車《かんらんしゃ》にふたりきりでのる、ルリちゃんと翔太《しょうた》くんを、想像《そうぞう》した。

ほら……すごく、お似合《にあ》いじゃん。観覧車《かんらんしゃ》、のった人《ひと》と永遠《えいえん》にいっしょ、らしいし……。

どうしてだか、胸《むね》が、すごくザワザワした。

想像《そうぞう》をふりはらうように、ブンブンっと顔《かお》を横《よこ》にふった。

（うー、よけいなこと考《かんが》えてる場合《ばあい》じゃない！　前《まえ》に進《すす》まなくちゃ！）

足《あし》に力《ちから》を入《い》れて、えいっと立《た》ちあがる。おそるおそる一歩《いっぽ》、ふみだそうとしたとき。

がたたたたっ！

「な、なに⁉」

廊下《ろうか》のむこうに、白《しろ》い女《おんな》の人《ひと》……。

ひた、ひたって、こっちにむかって歩《ある》いてくる。

「……やだよ、や……っ」

ぎゅうっと目《め》を閉《と》じたときだった。


「――ゆず！」


この、声《こえ》……っ！

「だいじょうぶか！」

翔太《しょうた》くんだ！　こっちにかけ寄《よ》ってきてくれる。すごくあせってるみたいだった。

「マジでさがしたんだぜ……見《み》つかってよかった」

はあぁ、と息《いき》をはきながら、汗《あせ》をソデでぬぐう。

（……翔太《しょうた》くん、こんなに一生懸命《いっしょうけんめい》、わたしをさがしてくれたんだ……っ）

ぶわ、っと涙《なみだ》があふれた。

「うわわっ、泣《な》くなって！　どうした、こわかったのか！」

「ん……」

慌《あわ》てて、ごしごし目《め》をこする。

こわいのと、ほっとしたのと、ぜんぶまざってるのかも。だめだ、涙《なみだ》、止《と》まんない……。

ぐすぐすしてると、翔太《しょうた》くんがほら、とこっちに手《て》をつきだした。

「え？」

じれたように、翔太《しょうた》くんがわたしの右手《みぎて》をつかんだ。

「これで、こわくないだろ」

ぎゅう、とつかまれた右手《みぎて》が、あたたかい。

わたし、手《て》……つないでる。翔太《しょうた》くんと……⁉

顔《かお》がかあぁあっと熱《あつ》くなる。

先《さき》に立《た》って歩《ある》きだした翔太《しょうた》くん。その手《て》にひっぱられるように、わたしも歩《ある》く。

(な、なにか話《はな》さなくちゃ!)

「あ、あぁ、あの! なんでわたしが、恐怖《きょうふ》の館《やかた》にいるって、わかったの?」

「お前《まえ》のクラスの子《こ》が、ゆずがこっちに行《い》くの見《み》たっていうから、追《お》いかけてきたんだ」

「……逃《に》げちゃったかもって、思《おも》わなかった?」

翔太《しょうた》くんは一瞬《いっしゅん》きょとんとした。

「だってお前《まえ》、ぜったいに途中《とちゅう》で投《な》げだすなんてしねぇだろ。おれたちのチームに、そういうヤツはいねぇもんな」

そっか……信《しん》じてくれたんだ。

「ってかなんでお前《まえ》、ひとりでこんなとこいるんだよ」

「……翔太《しょうた》くんたち、先《さき》に行《い》っちゃったかなあ……って」

「なんだそりゃ」

ははは、と翔太《しょうた》くんが笑《わら》った。

もう、まわりの暗闇《くらやみ》も、なんにもこわくなかった。

翔太《しょうた》くんが、ふいにふりかえった。

「ひとりで頑張《がんば》ったな、ゆず」

太陽《たいよう》みたいな、笑顔《えがお》。

ドキドキしすぎて胸《むね》が苦《くる》しい。

「――ここからは、なにがあってもおれが守《まも》ってやるから」

（……暗《くら》くて、ホントよかった……っ）

こんな真《ま》っ赤《か》な顔《かお》、ぜったいぜったい、見《み》られたくないから――。

ちょうど階段《かいだん》の踊《おど》り場《ば》で、二階《かい》から降《お》りてきた人《ひと》と遭遇《そうぐう》した。

「あ、ゆずと翔太《しょうた》！」

軽《かる》く手《て》をあげたのは、レオくん。

クロトくん、キヨくん、レオくんもそれぞれさがしてくれていたみたいだった。

「ゆずちゃんをさがしてる途中《とちゅう》で、最後《さいご》のヒント、見《み》つけたんだ」

クロトくんが、そばの女《おんな》の人《ひと》の絵《え》をさした。

っていうか……この女《おんな》の人《ひと》こっちむいて『ぎゃあああ』って叫《さけ》んでるんだけど。

S《エス》クラスのみんなは、ぜんぜん平気《へいき》みたい。すごいや……。

「これ、ヒントの紙《かみ》にあった『民衆《みんしゅう》を導《みちび》く自由《じゆう》の女神《めがみ》』って絵《え》なんだ。絵《え》の下《した》に小《ち》さな紙《かみ》が貼《は》ってあるの、わかる？」

ホントだ。指先《ゆびさき》ぐらいの小《ち》さな紙《かみ》。キヨくんが言《い》った。

「ヒントの紙《かみ》に描《か》いてある彫刻《ちょうこく》や絵《え》には、ぜんぶ文字《もじ》があった。つなげて読《よ》めってことだ」

「なるほど、絵《え》や彫刻《ちょうこく》にビビってたら見《み》つけられない、『度胸試《どきょうだめ》し』ってわけだ」

翔太《しょうた》くんが不敵《ふてき》に笑《わら》う。

クロトくんとキヨくんで、字《じ》を集《あつ》めてくれてたみたい。それをレオくんが読《よ》みあげた。

「――『よじ　かんらんしゃ　広場《ひろば》』。四時《じ》に観覧車《かんらんしゃ》のそばの広場《ひろば》に来《こ》い、ってことか」

これが、最後《さいご》のヒント。ウサギまでもうすぐだ！

午後四時《ごごじ》。観覧車広場《かんらんしゃひろば》の前《まえ》には、何組《なんくみ》かの参加者《さんかしゃ》が集《あつ》まっていた。

翔太《しょうた》くんが叫《さけ》んだ。

「ウサギだ！」

ぴょこっと飛《と》びだしたのは、着《き》ぐるみのウサギが——た、たくさん⁉

ぜんぶで十匹《ぴき》ぐらい、みんな手《て》にたくさんの風船《ふうせん》を持《も》っている。

レオくんがなるほど、とつぶやいた。

「最初《さいしょ》に見《み》た本物《ほんもの》のウサギをつかまえろってことか」

まわりの人《ひと》たちは、いっせいにウサギをつかまえにかかる。

——わたしの肩《かた》に、あたたかいものがぽん、とのった。翔太《しょうた》くんの手《て》のひらだ。

「——勝《か》ったな、ゆず」

ニヤリ、と笑《わら》う。

その勝《か》ち誇《ほこ》った顔《かお》がすごくカッコよくて。また心臓《しんぞう》がドキリ、とした。

（って、ちがうちがう！　そんな場合《ばあい》じゃない！）

なんたって、わたしが役《やく》に立《た》つときが、来《き》たんだから。

「頼《たの》むぜ」

「……うんっ！」


わたしには、特別《とくべつ》なチカラがある。

でもそれをずっとひみつにしてたんだ。

ウソツキって、小学校《しょうがっこう》で言《い》われてきたから。

でも、翔太《しょうた》くんたちは、このチカラで——だれかの役《やく》に立《た》てるって、教《おし》えてくれた！

わたしは、このチカラを『カメラアイ』って呼《よ》んでる。

一度見《いちどみ》たものを、ぜったいに忘《わす》れない。

まるで、写真《しゃしん》を撮《と》るみたいに！


キュイイイイン！

このチカラを使《つか》うとき、いつも深《ふか》い海《うみ》に背中《せなか》からダイブするイメージなんだ。

まわりを、いろんな記憶《きおく》が吹《ふ》きあがっていく。

最初《さいしょ》に見《み》た……本物《ほんもの》のウサギの着《き》ぐるみの記憶《きおく》！

……つかんだ！


ぱちり、と目《め》をあけた。

「……行《い》けそうか？」

翔太《しょうた》くんに、わたしは思《おも》いきりうなずいた。

「ぜんぶ、覚《おぼ》えてるんだから！」

バッと広場《ひろば》を見《み》まわす。

（あれ……は耳《みみ》の形《かたち》がちがう。あのウサギ……は尻尾《しっぽ》の汚《よご》れがちがう。あれは――っ！）

「――観覧車《かんらんしゃ》に一番近《いちばんちか》いところにいる、あのウサギだよ！」

目《め》の前《まえ》の翔太《しょうた》くんが、ぐっとかがんだ。

「――行《い》ってくる」

翔太《しょうた》くんの足《あし》が、強《つよ》く、地面《じめん》を蹴《け》りつける。

びゅっと風《かぜ》が吹《ふ》いて——一瞬《いっしゅん》で、その姿《すがた》が消《き》えた！

人《ひと》ごみもウサギもぜんぶかわして、すごいスピードでウサギとの距離《きょり》をつめる。

あっ、ウサギが気《き》づいた！　慌《あわ》てて逃《に》げようとして……！

ウサギは、そばのベンチにつまずいた。

「風船《ふうせん》がっ！」

ウサギの手《て》から、たくさんの風船《ふうせん》が空《そら》に昇《のぼ》っていく！

そのとき、後《うし》ろ姿《すがた》しか見《み》えない翔太《しょうた》くんが、ニヤって笑《わら》ったのが、たしかにわかった。

「行《い》くぜええ！」

ダンっとベンチをふみ台《だい》にして——空《そら》に跳《と》んだ!?

空中《くうちゅう》をかけあがるみたいに、風船《ふうせん》をつかむ！

スタっと地面《じめん》に着地《ちゃくち》して、こっちにむかってブンブン手《て》をふる翔太《しょうた》くん。

す、すごい——!!

「あいつの運動神経《うんどうしんけい》、どうなってんだ……」

レオくんが、ぽかんとしながら言《い》った。

ガラス張《ば》りの、観覧車《かんらんしゃ》のカゴが、ぐん、とあがっていく。

わたしたちは、見事一位《みごといい》をゲット！　観覧車《かんらんしゃ》のＶＩＰ《ブイアイピー》席《せき》チケットを手《て》に入《い》れたのだ。

「すっごい景色《けしき》だね……」

空《そら》のずっとずっと遠《とお》くまで、見《み》わたせる。

西《にし》のはしっこから、夕暮《ゆうぐ》れが始《はじ》まってる。みんなしばらく、なんにも言《い》えずにじっとその景色《けしき》を、見《み》つめていた。

ああ、そういえば。

「この観覧車《かんらんしゃ》にのると、ずっといっしょにいられるってジンクス、あるんだよ」

たぶん、恋人同士《こいびとどうし》のためのジンクス、なんだけど。

ちら、と横《よこ》を見《み》る。

レオくん、キヨくん、クロトくん、そして……翔太《しょうた》くん。

みんなで、大《おお》きくうなずきあった。

翔太《しょうた》くんが、ニっと笑《わら》う。

「――じゃあ、おれたちのチームは不滅《ふめつ》ってことだな！」

「うん！」

うれしそうに笑《わら》って、景色《けしき》をながめる翔太《しょうた》くんの横顔《よこがお》。

となりから体温《たいおん》が伝《つた》わる。

観覧車《かんらんしゃ》がゆっくりまわっていく、その時間《じかん》が。

もう少《すこ》しだけ続《つづ》けばいいのに――なんて。

そんな風《ふう》に、思《おも》ったんだ。


（おわり）

この声《こえ》とどけ!
ないしょのラブレター
五十嵐
藍内
ラブレターと突然《とつぜん》の停電《ていでん》が、
ヒナと五十嵐《いがらし》先《せん》パイの
距離《きょり》をちぢめる――!?
神戸遥真《こうべはるま》・作《さく》
木乃《きの》ひのき・絵《え》

人《じん》物《ぶつ》紹《しょう》介《かい》

藍内《あいうち》陽菜《ひな》

中《ちゅう》1。ドジ・キャラを捨《す》てて、「何《なに》かをできる自分《じぶん》になりたい！」という目標《もくひょう》をかかげ、あこがれの五十嵐《いがらし》先《せん》パイのいる放送部《ほうそうぶ》に入部《にゅうぶ》。

奏野《そうの》響《ひびき》

中《ちゅう》1。五十嵐《いがらし》先《せん》パイの幼《おさな》なじみ。放送部所属《ほうそうぶしょぞく》。思《おも》ったことが、顔《かお》と言葉《ことば》にでるタイプ。

『この声《こえ》とどけ！』シリーズって？

この声《こえ》とどけ！
恋《こい》がはじまる放送室《ほうそうしつ》☆

ドキドキの部活《ぶかつ》ラブ★ストーリー!!

何《なに》をやっても上手《じょうず》にできず、逃《に》げグセのあるヒナ。なのに“藍《あい》内《うち》”なんて名字《みょうじ》のせいで、中学《ちゅうがく》の入学式《にゅうがくしき》で新入生代表《しんにゅうせいだいひょう》あいさつをやることに！ 当日《とうじつ》、心臓《しんぞう》バクバクで練習《れんしゅう》してたら、イケメンの2年《ねん》生《せい》・五十嵐《いがらし》先《せん》パイが通《とお》りかかって……!? その出会《であ》いから数日後《すうじつご》、ヒナは五十嵐《いがらし》先《せん》パイのいる放送部《ほうそうぶ》に入部《にゅうぶ》をきめちゃって……!?

あこがれの五十嵐《いがらし》先《せん》パイとの距離《きょり》をちぢめようと頑張《がんば》るヒナちゃんを応援《おうえん》してね☆

五十嵐《いがらし》 流《ながれ》

中《ちゅう》2。放送部《ほうそうぶ》の部長《ぶちょう》。クールで感情表現《かんじょうひょうげん》が少《すく》ないけれど、面倒見《めんどうみ》のいい性格《せいかく》。ヒナを放送部《ほうそうぶ》にスカウトした。

鶴《つる》谷《たに》浅《あさ》黄《ぎ》

中《ちゅう》2。明《あか》るくて人《ひと》なつっこい性格《せいかく》。放送部《ほうそうぶ》の幽霊部員《ゆうれいぶいん》だったけど、部《ぶ》に復帰《ふっき》した。

1 まさかのラブレター

「――それでは、今日《きょう》のお昼《ひる》の放送《ほうそう》はここまでになります。聞《き》いていただいてありがとうございました！　放送部《ほうそうぶ》がお送《おく》りしました」

そんなあたしのセリフの直後《ちょくご》、明《あか》るい音楽《おんがく》が流《なが》れはじめた。

スタジオのマイクにむかっていたあたしは、ふぅ、と息《いき》をはいて背《せ》もたれに寄《よ》りかかる。

今日《きょう》も無事《ぶじ》におわった！

一学期《がっき》もあと少《すこ》しでおしまい、放送部《ほうそうぶ》のお昼《ひる》の放送《ほうそう》が再開《さいかい》してからもうすぐ二か月《げつ》。

昔《むかし》は何《なに》をやってもできないってあきらめてばかりだったあたしも、中学生《ちゅうがくせい》になって放送《ほうそう》部《ぶ》に入《はい》って、今《いま》ではこうしてマイクの前《まえ》でしゃべれるようにまでなった。

四月《がつ》に五十嵐《いがらし》先《せん》パイに放送部《ほうそうぶ》に誘《さそ》われたときは、本当《ほんとう》にあたしなんかにできるのかって不《ふ》安《あん》でしょーがなかったのに。

「おつかれさま」

長机《ながづくえ》のむかいに座《すわ》っていた五十嵐《いがらし》先《せん》パイにそう微笑《ほほえ》みかけられ、あたしは脱力《だつりょく》してた背《せ》中《なか》をピンとする。

「おつかれさまです！」

今《いま》は不安《ふあん》よりも、こんな風《ふう》に先《せん》パイと一緒《いっしょ》にお昼《ひる》の放送《ほうそう》ができてとっても楽《たの》しいし、何《なに》よりうれしい。

達成感《たっせいかん》をじんわりかみしめてると、「おつかれー」ってはすむかいに座《すわ》っていたもう一人《ひとり》の先《せん》パイ、アサギ先《せん》パイも明《あか》るく声《こえ》をかけてきた。

アサギ先《せん》パイはふわふわしてて人懐《ひとなつ》こい雰囲気《ふんいき》で、クールな五十嵐《いがらし》先《せん》パイとは正反対《せいはんたい》のキャラだ。

「ヒナちゃん、おたよりコーナーは、もうすっかり慣《な》れっこだね」

「え、ホントですか？　ありがとうございます」

調子《ちょうし》に乗《の》っちゃダメだとは思《おも》うけど、やっぱりほめられるとうれしい。

アサギ先《せん》パイは長机《ながづくえ》の上《うえ》のおたよりの山《やま》を指《ゆび》さした。

「今日《きょう》は半分《はんぶん》くらいしか紹介《しょうかい》できなかったね」

「残《のこ》りは来週《らいしゅう》ですかね」

あたしたちは三人《にん》で長机《ながづくえ》の上《うえ》にひろげていたたくさんのおたよりを整理《せいり》しはじめた。

放送部《ほうそうぶ》が週《しゅう》に二回《かい》、給食《きゅうしょく》の時間《じかん》にやっているお昼《ひる》の放送《ほうそう》には、音楽《おんがく》コーナーやインタビューコーナーなどなど色《いろ》んなコーナーがある。

今日《きょう》は、みんなからとどいたおたよりを紹介《しょうかい》する、一番人気《いちばんにんき》のおたよりコーナーだった。

少《すこ》し前《まえ》に「夏休《なつやす》みにやりたいこと」っていうテーマで募集《ぼしゅう》したら、予想以上《よそういじょう》にたくさんのおたよりが集《あつ》まったのだ。

「夏休《なつやす》みまでのお昼《ひる》の放送《ほうそう》のプログラム、考《かんが》えなおしたほうがいいかな」

五十嵐先《いがらしせん》パイは手《て》を動《うご》かしながら考《かんが》えこむ。

七月《がつ》になって期末《きまつ》テストも体育祭《たいいくさい》もおわり、あとは夏休《なつやす》みを待《ま》つばかりになった。

これまではお昼《ひる》の放送《ほうそう》や放課後《ほうかご》の活動《かつどう》で五十嵐先《いがらしせん》パイに会《あ》えてたけど、夏休《なつやす》みで一か月《げつ》半《はん》も会《あ》えなくなるかもって思《おも》うと、今《いま》からさびしくなってくる。

「おつかれー」

流《なが》れていた音楽《おんがく》がおわると、となりの機材室《きざいしつ》からヒビキくんが顔《かお》をだした。あたしと同《おな》じ一年生《ねんせい》のヒビキくんは、今日《きょう》は音楽《おんがく》を流《なが》したりマイクの音量《おんりょう》を調整《ちょうせい》したりと、機材《きざい》を操《そう》作《さ》してくれていたのだ。

ヒビキくんは首《くび》からさげたトレードマークのヘッドフォンをいじりつつ、おたよりを整《せい》理《り》するあたしたちを眺《なが》めて言《い》った。

「おたより、ポストにまたとどいてたみたいだぞ」

ヒビキくんは放送室《ほうそうしつ》の外《そと》に一度《いちど》でて、ポストの中身《なかみ》を両手《りょうて》に抱《かか》えてもどってくる。

「ウソ、そんなにたくさん？」

そのとき、ヒビキくんが抱《かか》えていたおたよりの山《やま》から、便《びん》せんが一枚《まい》はらりと床《ゆか》におちるのが見《み》えた。

あたしはそれをひろおうと手《て》をのばしかけたけど、その文面《ぶんめん》に目《め》がクギづけになってピタッと動《うご》きをとめる。

『好《す》きです。』

花柄《はながら》のかわいらしい便《びん》せんには、いかにも女子《じょし》っぽい丸《まる》い字《じ》でそう書《か》いてあった。

それから、最後《さいご》にもう一行《ぎょう》。

『五十嵐《いがらし》くんに読《よ》んでほしいです☆』

「――ヒナさん？」

五十嵐先《いがらしせん》パイに声《こえ》をかけられて、あたしはとっさにその便《びん》せんをひろい、スカートのポケットにかくした。

「どうかした？」

「な、なんでもないです！」

……まさか、これって。

五十嵐先《いがらしせん》パイへのラブレター？

2 インタビュー

次《つぎ》の日《ひ》の放課後《ほうかご》は、放送部《ほうそうぶ》の活動日《かつどうび》。

帰《かえ》りのホームルームがおわり、あたしはノートとペンケースとおちつかない気持《きも》ちを抱《かか》えて放送室《ほうそうしつ》を目指《めざ》していた。

五十嵐先《いがらしせん》パイあてのラブレターのことが、昨日《きのう》からずっと頭《あたま》のなかでぐるぐるしてる。

ひろったラブレターは結局《けっきょく》あたしが持《も》ち帰《かえ》っちゃって、今《いま》はノートにはさんであった。

ラブレターには名前《なまえ》が書《か》いてなくて差出人《さしだしにん》はわからない。

誰《だれ》が書《か》いたのかなぁ……。

上《うわ》ばきのつま先《さき》を見《み》つめるように、うつむいたまま歩《ある》いていく。

誰《だれ》かが勇気《ゆうき》をだして書《か》いたもの。それをかくすなんて絶対《ぜったい》よくない。

——だけど。

次《つぎ》の瞬間《しゅんかん》、白《しろ》いシャツの背中《せなか》にぶつかってあたしは転《ころ》びかけた。

「ヒナさん、また前見《まえみ》てなかった？」

そう苦笑《くしょう》したのは五十嵐先《いがらしせん》パイその人《ひと》で、とたんに心臓《しんぞう》が飛《と》びはねた。

「すすすみませんっ！」

五十嵐《いがらし》先《せん》パイが放送室《ほうそうしつ》のドアをあけてくれて、一緒《いっしょ》になかに入《はい》った。

五十嵐《いがらし》先《せん》パイが防音扉《ぼうおんとびら》と窓《まど》をあけると涼《すず》しい風《かぜ》が吹《ふ》いて、こもっていた空気《くうき》をおしやっていく。

ヒビキくんもアサギ先《せん》パイもまだ来《き》てなくて二人《ふたり》きり。

ちゃんとあやまって、ラブレターをかえすなら今《いま》だって思《おも》うのに……。

やっぱりできない。

「……マイクの準備《じゅんび》しますねっ！」

あたしは気《き》まずいのをごまかすように言《い》って、機材《きざい》がしまってある棚《たな》をあけた。

今日《きょう》は取材日《しゅざいび》。色《いろ》んな部活《ぶかつ》の部長《ぶちょう》さんに「夏《なつ》の大会《たいかい》の抱負《ほうふ》」をインタビューして、その音声《おんせい》を来週《らいしゅう》のお昼《ひる》の放送《ほうそう》で流《なが》すのだ。

運動部《うんどうぶ》だけじゃなく文化部《ぶんかぶ》もまわる予定《よてい》で時間《じかん》がかかりそうなので、今日《きょう》はランニングなどのいつものトレーニングはナシ。

少《すこ》ししてアサギ先《せん》パイとヒビキくんも放送室《ほうそうしつ》に来《き》て、取材《しゅざい》の分担《ぶんたん》を確認《かくにん》するとさっそくインタビューをしに行《い》くことになった。

一年生《ねんせい》と二年生《ねんせい》でペアになろうという話《はなし》になり、ヒビキくんが気《き》をきかせて「おれはこいつとでいい」とアサギ先《せん》パイを指《ゆび》さす。

「ヒビキって、なんだかんだおれのこと好《す》きだよね」

「ちげーし！」

あたしの気持《きも》ちを知《し》っているヒビキくんは、ぶっきらぼうだけどなんだかんだで気《き》をつかってくれて、あたしと五十嵐先《いがらしせん》パイをペアにしてくれるのだった。

アサギ先《せん》パイをこづきながら放送室《ほうそうしつ》をでていくヒビキくんを見送《みおく》っていたら、五十嵐先《いがらしせん》パイに声《こえ》をかけられた。

「じゃあ、ぼくたちも行《い》こう」

五十嵐先《いがらしせん》パイが録音機材《ろくおんきざい》を持《も》って先《さき》に放送室《ほうそうしつ》をでたので、あたしもあわててノートとペンケースを抱《かか》えてあとを追《お》いかける。

そうして勢《いきお》いよく廊下《ろうか》にでたときだった。

またしても誰《だれ》かにぶつかってしまい、転《ころ》びかけたあたしは壁《かべ》に手《て》をついた。セーフ。

顔《かお》をあげると、目《め》の前《まえ》にいるのは工具箱《こうぐばこ》のようなものを持《も》った、作業着姿《さぎょうぎすがた》のおじさんだった。何《なに》かの点検《てんけん》とかかな。

「ご、ごめんなさい！」

ペコッと頭《あたま》をさげて、近《ちか》くで待《ま》ってくれている五十嵐《いがらし》先《せん》パイのもとにかけ寄《よ》った。

「あせらなくていいよ」

そう言《い》って歩《ある》きだした先《せん》パイのとなりにならんで、頭一《あたまひと》つ高《たか》いところにある横顔《よこがお》をそっと見《み》つめる。

先《せん》パイは口数《くちかず》が多《おお》いわけじゃないし、クールで何《なに》を考《かんが》えてるかわかりにくいところもあるけど。じつはとってもやさしいし、いつもみんなのことを気《き》にかけてくれてる。

あたしがドジしてもヘマしても、怒《おこ》らないではげましてくれる。

今《いま》だってあたしがあせらないようにゆっくり歩《ある》いてくれてて、たちまち胸《むね》がぎゅっとしてたまらなくなる。

……だからこそ、ラブレターのことが後《うし》ろめたい。

やっぱりこのままじゃすっきりしない。インタビューがおわったら、ラブレターのことを正直《しょうじき》に話《はな》してあやまろうって決《き》めた。

あたしたちが最初《さいしょ》にむかったのは、体育館《たいいくかん》と校舎《こうしゃ》の間《あいだ》に建《た》っているプレハブの部室棟《ぶしつとう》。

ここには運動部《うんどうぶ》の部室《ぶしつ》があって、あたしたちの目的《もくてき》は二階《かい》の奥《おく》、女子《じょし》バスケ部《ぶ》だ。

「急《いそ》いでるから、ちゃちゃっとおわらせてよね」

なんだか機嫌《きげん》の悪《わる》そうな女子《じょし》バスケ部《ぶ》の部長《ぶちょう》さんに、「よろしくお願《ねが》いします」と五十嵐《いがらし》先《せん》パイと一緒《いっしょ》にあいさつし、部室《ぶしつ》のすみに移動《いどう》する。

女子《じょし》バスケ部《ぶ》の部室《ぶしつ》はあわただしい空気《くうき》だった。部員《ぶいん》たちが荷物《にもつ》を抱《かか》えてひっきりなしに出入《でい》りしている。

「これから練習試合《れんしゅうじあい》で千城中《ちしろちゅう》に行《い》かなきゃいけないの。手短《てみじか》によろしくね」

そう言《い》う部長《ぶちょう》さんに、「それじゃあ」と五十嵐先《いがらしせん》パイがマイクをむけた。あたしはメモをとろうとノートとシャーペンをかまえる。

「かんたんでかまいません。夏《なつ》の大会《たいかい》にむけての抱負《ほうふ》をお願《ねが》いします」

途中《とちゅう》、誰《だれ》かが荷物《にもつ》をぶちまけた大《おお》きな音《おと》が入《はい》っちゃって一度《いちど》だけ録《と》りなおしたものの、女子《じょし》バスケ部《ぶ》の部長《ぶちょう》さんのコメントは無事《ぶじ》にもらえた。

部長《ぶちょう》さんは本当《ほんとう》に急《いそ》いでるみたいで、インタビューがおわるとすぐに部室《ぶしつ》をかけでていく。

「ご協力《きょうりょく》ありがとうございました！」

その背中《せなか》にお礼《れい》を言《い》ってあたしたちも部室《ぶしつ》をでて、部室棟《ぶしつとう》の入口《いりぐち》で足《あし》をとめた。

「次《つぎ》は男子《だんし》バレー部《ぶ》だね」

男子《だんし》バレー部《ぶ》の部室《ぶしつ》には誰《だれ》もいなかったから、もう体育館《たいいくかん》で練習《れんしゅう》をはじめてるんだろう。

分担表《ぶんたんひょう》を見《み》て先《せん》パイが歩《ある》きだしたそのとき、ふと自分《じぶん》の手《て》もとを見《み》たあたしは「あ」って声《こえ》をあげてしまった。

「どうかした？」

さっきまで使《つか》っていたはずのシャーペンがない。

動《うご》かすとゆらゆらするネコのかざりがついてる、お気《き》に入《い》りで家宝《かほう》と言《い》っても大《おお》げさじゃない、先《せん》パイが誕生日《たんじょうび》にくれた大事《だいじ》なシャーペンなのに。

「その……おとしものしちゃったみたいで。もどってさがしてくるので、先《さき》に行《い》っててください！」

「それなら一緒《いっしょ》に行《い》くよ」

「でも――」

「一緒《いっしょ》にさがしたほうが早《はや》いだろうし。一人《ひとり》で先《さき》に行《い》ってもしょうがないから」

先《せん》パイがやさしすぎて、なんかもう泣《な》きそう。

放送部《ほうそうぶ》に入《はい》ってデキるって思《おも》えることが増《ふ》えたのは事実《じじつ》だけど、こういう瞬間《しゅんかん》に何《なに》かとドジで迷惑《めいわく》かけてばっかりの自分《じぶん》のこともまた思《おも》い知《し》らされる。

ステキ女子《じょし》への道《みち》のりはまだまだ遠《とお》い。

先《せん》パイと一緒《いっしょ》に部室《ぶしつ》棟《とう》のなかにもどると、ほかには誰《だれ》もいないみたいで、さっきまでのにぎやかさがウソみたいに静《しず》かだ。

「何《なに》をおとしたの？」

床《ゆか》に目《め》をやりながら聞《き》いてくる先《せん》パイに、「シャーペン、です」と小《ちい》さくこたえた。

「先《せん》パイにもらったネコの……本当《ほんとう》にごめんなさい！」

「おとしものなんて誰《だれ》でもするよ」

「で、でもあたし、先《せん》パイの十倍《ばい》くらい色《いろ》んなもの、おとしたりなくしたりするんです！　毎日大変《まいにちたいへん》なんです！」

「それホント？」

あきれられてもしょーがないくらいに思《おも》ってたけど、先《せん》パイはなんだか楽《たの》しそうに聞《き》きかえしてくる。冗談《じょうだん》を言《い》ったつもりじゃなかったのに。

二人《ふたり》で廊下《ろうか》をさがして階段《かいだん》をさがして、だけどなかなか見《み》つからない。そしてとうとう二階《かい》の奥《おく》、女子《じょし》バスケ部《ぶ》の部室《ぶしつ》までもどってきてしまった。

「カギ、あいてるかな」

先《せん》パイの疑問《ぎもん》にこたえるように、あたしはドアノブに手《て》をかける。カギがかかってたら明日《あした》の放課後《ほうかご》にでなおそうってあきらめかけてたものの、予想外《よそうがい》にカギはあいていた。

まるで忍《しの》びこむみたいでちょっと後《うし》ろめたく思《おも》いつつ、半分《はんぶん》ほどあけたドアのすき間《ま》から「失礼《しつれい》します」って断《ことわ》ってそっとなかに入《はい》り電気《でんき》をつける。

スチールラック、ロッカー、壊《こわ》れたパイプいす、机《つくえ》。

ぱっと見《み》たところシャーペンはない。ここになかったら、もうこの世《よ》のおわりだ。

わらにもすがりたい気持《きも》ちでかがみこんで、壁《かべ》ぎわから机《つくえ》の下《した》まで床《ゆか》をじっくりと見《み》ていく。

——あった！

スチールラックと床《ゆか》の間《あいだ》のすき間《ま》におちてる。

床《ゆか》にはいつくばって手《て》をのばしたけど、指先《ゆびさき》でつついちゃったシャーペンはさらに奥《おく》に転《ころ》がっていってしまう。

「代《か》わって」

床《ゆか》につっぷしてうなだれてたあたしをどかして、先《せん》パイが上半身《じょうはんしん》を床《ゆか》につけるようにして手《て》をのばす。

先《せん》パイはしばらくさぐるように手《て》を動《うご》かしてから、「あった」ってつぶやいた。

そうしてとってくれたシャーペンを、床《ゆか》に座《すわ》ったままあたしにわたしてくれる。

「あ、ありがとうございました！」

すっかりホコリまみれのシャーペンを軽《かる》くはらってから気《き》がつく。先《せん》パイも負《ま》けないくらいホコリだらけになってた。

「すみません、本当《ほんとう》にごめんなさい！」

「え？　……あ、平気《へいき》だよこれくらい」

先《せん》パイはなんでもない顔《かお》でうでやシャツのそでについたホコリをはらう。シャツの背中《せなか》も汚《よご》れちゃってて、あたしはとっさにそれをはらおうとして手《て》をとめた。

……さわっちゃっていいのかな。

べ、べつにシャツの汚《よご》れをはらいたいだけだし！

よこしまな気持《きも》ちじゃないし！

なんて一人《ひとり》で葛藤《かっとう》していたときだった。

半《はん》びらきだったドアのむこう、廊下《ろうか》のほうからバタバタと足音《あしおと》が近《ちか》づいてきた、次《つぎ》の瞬間《しゅんかん》。

バンッと音《おと》を立《た》ててドアが勢《いきお》いよくしまった。

それにビックリしていると、今度《こんど》はカシャンというひかえめな音《おと》。

『やっぱりカギかけ忘《わす》れてたー！』

ドアのむこうからそんな声《こえ》が聞《き》こえたかと思《おも》うと、足音《あしおと》はたちまち遠《とお》ざかっていって部《ぶ》室棟《しっとう》は再《ふたた》び静《しず》かになる。

なんだかぼう然《ぜん》としちゃって動《うご》けないあたしの一方《いっぽう》で、先《せん》パイはシャツのホコリをはらいながら立《た》ちあがると、ドアに近《ちか》づいた。

ドアノブをガチャガチャといじり、やがてドアから一歩《いっぽ》はなれてこっちを見《み》る。

「とじこめられたみたい」

3 あかないドア

部室《ぶしつ》のドアは、内側《うちがわ》からはあかない仕組《しく》みになっていた。

ドアをたたいてみたり大《おお》きな声《こえ》をだしてみたりしたけど、外《そと》からの反応《はんのう》はまったくない。

部室棟《ぶしつとう》にはもう誰《だれ》もいないみたいだ。

それに部室《ぶしつ》の窓《まど》は、あたしの身長《しんちょう》だとあけるのがやっとって高《たか》さに一《ひと》つあるだけ。しかも顔《かお》をだせるくらいの大《おお》きさしかない。

窓《まど》をあけたところで校舎《こうしゃ》の壁《かべ》に面《めん》してるから、声《こえ》をだしても気《き》づいてもらえなそう。

部室《ぶしつ》をひととおり調《しら》べると、先《せん》パイは「とじこめられたね」っていつもの冷静《れいせい》な口調《くちょう》でくりかえした。

それにひきかえ、あたしはすっかりパニックだ。

「どど、どうしましょう!? 本当《ほんとう》にすみません、あたしがシャーペンをおとしたばっかりに……あたしみたいなドジにつきあわせちゃったから先《せん》パイまでこんな目《め》にっ」

ただただあやまるあたしを、だけど先《せん》パイはこれっぽっちも責《せ》めたりしない。

「そのうちほかの運動部《うんどうぶ》の人《ひと》が部室棟《ぶしつとう》に来《く》るだろうし、そのときにだしてもらおう」

「で、でも――」

ふいに先《せん》パイの手《て》があたしの顔《かお》のほうにのびてきて、思《おも》わずぎゅっと目《め》をつむった――

直後《ちょくご》。

先《せん》パイの手《て》はあたしの肩《かた》、セーラー服《ふく》のえりを軽《かる》くはらってはなれてく。

「ホコリついてた」

それから、先《せん》パイは壁《かべ》ぎわに片《かた》ひざを立《た》てて座《すわ》った。

「こうしててもしょうがないし、さっき録音《ろくおん》したデータの確認《かくにん》でもしようか」

「あ……はい」

……パニクっちゃった自分《じぶん》がはずかしい。

ボイスレコーダーをいじっている先《せん》パイのむかいに、あたしもぺたんと座《すわ》りこむ。

気持《きも》ちがおちついてくると、とたんに先《せん》パイがはらってくれたセーラー服《ふく》のえりにばかり意識《いしき》がいってしょーがなくなった。

そこだけ特別《とくべつ》な場所《ばしょ》になったみたいで気《き》になって、指先《ゆびさき》でそっとさわってみる。

あたたかいわけなんてないのに、じわじわと指先《ゆびさき》から頭《あたま》のてっぺんまで熱《ねつ》がひろがってく。

「思《おも》ったより、雑音《ざつおん》、ひろっちゃってるね」

録音《ろくおん》を聞《き》きながらつぶやいた先《せん》パイに、あわてて手《て》をひっこめてうなずいた。赤《あか》くなった顔《かお》をごまかすみたいに、うつむいたままノートをひろげる。

とじこめられて不安《ふあん》だった気持《きも》ちはいつの間《ま》にかふっ飛《と》んでて、代《か》わりに息《いき》がつまりそうなくらいのドキドキで体中《からだじゅう》から湯気《ゆげ》がでそうになってる。

……二人《ふたり》きりだ。

小《ちい》さな窓《まど》しかない、カギのかかった部屋《へや》で二人《ふたり》きり。

……どうしようどうしようどうしよう。

ノートに走《はし》り書《が》きした自分《じぶん》の字《じ》を見《み》るフリをしながら、そうっと先《せん》パイをのぞき見《み》る。

先《せん》パイがクールでめったに動《どう》じないのはいつものことだけど。

この状況《じょうきょう》、なんとも思《おも》わないのかな。

ついついじっと見《み》つめちゃってたら、視線《しせん》に気《き》づかれた。

「もしかしてヒナさん、せまいところが苦手《にがて》だったりする？　エレベーターとか密室《みっしつ》が苦《にが》手《て》な人《ひと》っているし……」

『密室《みっしつ》』って単語《たんご》にドキッとしてから、あわてて首《くび》を横《よこ》にふる。

「そ、そんなことないです！　大丈夫《だいじょうぶ》です！」

「本当《ほんとう》？　なんかおちつかないみたいだけど……」

それは先《せん》パイと二人《ふたり》きりだからです！

なんて言《い》えない。

けど顔《かお》はどんどん熱《あつ》くなってきて、思《おも》わずノートでかくしたときだった。

ノートから何《なに》かがするりとおちると、まるですい寄《よ》せられるみたいに先《せん》パイの前《まえ》でとまった。

さっきまでまっ赤《か》になってたあたしは、今度《こんど》はとたんに血《ち》の気《け》がひいてまっ青《さお》になる。

あのラブレター！

「それ――」

けど、先《せん》パイは言葉《ことば》のつづきを呑《の》みこんだ。

突然《とつぜん》、部室《ぶしつ》の明《あ》かりが消《き》えてしまったのだ。

昼間《ひるま》だっていうのに、部室《ぶしつ》はビックリするくらい暗《くら》くなった。

校舎《こうしゃ》の壁《かべ》で陰《かげ》になってて、小《ちい》さな窓《まど》からはほとんど光《ひかり》が入《はい》らないせいだ。

すぐそばにいるのに先《せん》パイの表情《ひょうじょう》まで見《み》えなくなって、さっきふっ飛《と》んだはずの不安《ふあん》が再《ふたた》び姿《すがた》をあらわした。

「停電《ていでん》かな？」

先《せん》パイはそうつぶやき、だまったままのあたしに「大丈夫《だいじょうぶ》？」って聞《き》いてくれた。

だけど声《こえ》をだせない。

せまいところは平気《へいき》だけど、じつはあたしは暗《くら》いところが苦手《にがて》だ。

はずかしいから誰《だれ》にも言《い》わないけど、夜《よる》はオレンジ色《いろ》の小《ちい》さな電球《でんきゅう》をつけて寝《ね》てる。

まっ暗《くら》だと何《なに》かが見《み》えちゃいそうな気《き》がして、ぞわぞわっとしてしょーがないのだ。

おちつけあたし！　ってあたしのなかのポジティブなあたしがはげましてくる。

べつにそこまでまっ暗《くら》じゃないし！　ものの輪郭《りんかく》はギリギリ見《み》えるし！

でもでもでも、って今度《こんど》はネガティブなあたしがそうっと顔《かお》をだす。

このまま夜《よる》になって、本当《ほんとう》のまっ暗《くら》になっちゃったら……？

両手《りょうて》をぎゅっとにぎって、余計《よけい》なことばっかり言《い》うあたしのなかのあたしを追《お》っぱらう。

そのうち誰《だれ》かが部室棟《ぶしつとう》に来《き》て見《み》つけてくれるはず。

アサギ先《せん》パイやヒビキくんだって、あたしたちがもどってこないのに気《き》がついてさがしてくれるはず。

……本当《ほんとう》に？

不安《ふあん》がみるみるふくらんでくる。

どうしよう——

ふいに頭《あたま》の上《うえ》に何《なに》かが乗《の》せられて顔《かお》をあげる。

いつの間《ま》にか先《せん》パイがすぐそばにいて、あたしの頭《あたま》に手《て》を乗《の》せていた。

「いざとなったら、ぼくがなんとかするか

ら」

おだやかな声《こえ》でそう言《い》うと、小《ちい》さな子《こ》にするみたいに頭《あたま》をぽんぽんされる。

「急《きゅう》に暗《くら》くなっておどろいたね」

まったくおどろいてなさそうなその声《こえ》に、強《こわ》ばってた体《からだ》から力《ちから》が抜《ぬ》けて、あたしはコクッとうなずいた。

頭《あたま》の上《うえ》の先《せん》パイの手《て》があったたかくて、じんわりと気持《きも》ちがおちついてくる。

「あたし……暗《くら》いところ、得意《とくい》じゃなくて」

ようやく声《こえ》をだせた。

「何《なに》も見《み》えないと不安《ふあん》になるよね」

そんな風《ふう》に話《はな》しているうちに目《め》が慣《な》れてきたらしい。さっきよりもまわりが見《み》えるようになってきた。

思《おも》っていたよりは暗《くら》くない、かも。

不安《ふあん》は徐々《じょじょ》にうすくなって、するとまたドキドキのほうが強《つよ》くなってくる。

あたしがこわがってると思《おも》ってるのか、先《せん》パイの手《て》はまだあたしの頭《あたま》の上《うえ》にあった。

これはこれで心臓《しんぞう》がうるさすぎて、また何《なに》も言《い》えなくなっちゃいそう。

「何《なに》か話《はな》しでもしてるほうが気《き》がまぎれるかな」

何《なに》か。

さっきおとしたラブレターのことを思《おも》いだし、あたしの心臓《しんぞう》はドキドキとはちがう気持《きも》ちで痛《いた》くなる。

先《せん》パイにあやまらなきゃ、話《はな》さなきゃって思《おも》ってたんだった。

ズルいかもしれないけど、今《いま》なら暗《くら》くて顔《かお》もよく見《み》えないし、ちゃんと話《はな》せるかもしれない。

「せ、先《せん》パイ。あのですね、」

先《せん》パイの手《て》が頭《あたま》からはなれた。ちょっと名残惜《なごりお》しい気持《きも》ちになりつつも、あたしは先《せん》パイにむきなおる。

「その……ラ、ラ、ラ……」

「ら？」

先《せん》パイが首《くび》をかしげた気配《けはい》が暗《くら》くてもわかる。

先《せん》パイあてのラブレターをひろっちゃって、わたせないでずっと持《も》ってたんです、すみません！

そう言《い》いたい。言《い》いたいのに――

「ラ――れりるれろらろ！」

……やっぱり言《い》えなかったうえに、あたしってば何《なに》を言《い》ってるんだ。

勢《いきお》いあまって滑舌表《かつぜつひょう》のら行《ぎょう》が口《くち》からでてしまった。

滑舌表《かつぜつひょう》は、上手《じょうず》にすらすらしゃべれるように滑舌《かつぜつ》をよくするための放送部《ほうそうぶ》の基礎練習《きそれんしゅう》の一《ひと》つで、あたしももちろん暗記《あんき》してる――のはいいんだけど。

何《なに》もここで言《い》わなくたっていいのに！

滑《かつ》舌《ぜつ》表《ひょう》

あえいうえおあお
かけきくけこかこ
させしすせそさそ
たてちつてとたと
なねにぬねのなの
はへひふへほはほ
まめみむめもまも
やえいゆえよやよ

床《ゆか》に手《て》をついてうなだれるあたしに、だけど先《せん》パイはふきだした。

「じゃあ、滑舌《かつぜつ》の練習《れんしゅう》でもしようか」

そう提案《ていあん》してくれた先《せん》パイはまだクスクス笑《わら》ってる。はずかしくて顔《かお》が熱《あつ》い。

そういえば、先《せん》パイが声《こえ》をだしてこんな風《ふう》に笑《わら》うのはとってもめずらしいかも。暗《くら》くて顔《かお》が見《み》えないのが残念《ざんねん》だ。


こうしてあたしは、先《せん》パイと二人《ふたり》きりだっていうのに滑舌《かつぜつ》の練習《れんしゅう》をすることになってしまった。

られりるれろらろ
わえいうえをわを
がげぎぐげごがご
ざぜじずぜぞざぞ
だでぢづでどだど
ばべびぶべぼばぼ
ぱぺぴぷぺぽぱぽ

あえいうえおあお
かけきくけこかこ
させしすせそさそ
たてちつてとたと
なねにぬねのなの

なんでこんなことやってるんだろうって思《おも》うだろうに、でも先《せん》パイは笑《わら》ったり手《て》を抜《ぬ》いたりしないで滑舌《かつぜつ》の練習《れんしゅう》をしている。なのであたしもまじめに声《こえ》をだす。

はへひふへほはほ
まめみむめもまも
やえいゆえよやよ
られりるれろらろ

先《せん》パイと声《こえ》がピッタリそろうのはちょっとうれしい。おだやかでおちついていて、それでいてよく通《とお》る先《せん》パイの声《こえ》はとっても耳《みみ》に心地《ここち》いい。

……でも、やっぱり思《おも》わずにはいられない。

せっかく先《せん》パイがとなりにいるのに、二人《ふたり》きりなのに。

あたしは何《なに》をやっているのか！

だんだんとやけっぱちな気分《きぶん》になってきて、気《き》がつけばあたしは思《おも》いっきり声《こえ》をだしていた。

「わえいうえをわを！」

すると、あたしの声《こえ》がひびいた瞬間《しゅんかん》、ぱっと部室《ぶしつ》の明《あ》かりがついた。

まぶしくて目《め》をまたたいてから、先《せん》パイと顔《かお》を見《み》あわせる。

「電気《でんき》ついたね」

「ですね……」

とじこめられたままなのは変《か》わらないけど、何《なに》はともあれ明《あか》るくなってよかった。

そして、それからすぐのこと。足音《あしおと》が近《ちか》づいてきて、よくよく知《し》った声《こえ》がドアのむこうから聞《き》こえてきた。

『五十嵐《いがらし》とヒナちゃんいるー？』

アサギ先《せん》パイの声《こえ》だ。あたしは急《いそ》いでドアにかけ寄《よ》った。

「います！　ここにいます！　とじこめられてます！」

4 ラブレターの真相《しんそう》

アサギ先《せん》パイとヒビキくんは、部室棟《ぶしつとう》の近《ちか》くの剣道場《けんどうじょう》で剣道部《けんどうぶ》のインタビューをしていて停電《ていでん》にあったそうだ。

インタビューを中断《ちゅうだん》して剣道場《けんどうじょう》の外《そと》にでたところで、あたしたちの滑舌練習《かつぜつれんしゅう》の声《こえ》が聞《き》こえて見《み》にきてくれたらしい。

ようやく部室《ぶしつ》からでられたあたしたちに、「電気設備《でんきせつび》の点検中《てんけんちゅう》にミスがあって停電《ていでん》したたんだって」とアサギ先《せん》パイが教《おし》えてくれた。

放送室《ほうそうしつ》の前《まえ》でぶつかった作業着姿《さぎょうぎすがた》のおじさんを思《おも》いだす。

「あのままとじこめられてたらどうするつもりだったんだよ」

そう聞《き》いたヒビキくんに、五十嵐《いがらし》先《せん》パイはさらっとこたえた。

「どうしようもなくなったら、ドアを壊《こわ》そうと思《おも》ってた」

停電《ていでん》した直後《ちょくご》の五十嵐《いがらし》先《せん》パイのセリフがよみがえる。

『いざとなったら、ぼくがなんとかするから』

クールな顔《かお》の下《した》でそんなことを考《かんが》えてたんだってちょっとビックリ。

……ドアを蹴《け》やぶる五十嵐《いがらし》先《せん》パイ、見《み》たかったかも。

四人《よにん》で部室棟《ぶしつとう》をでると、まだまだお日《ひ》さまは高《たか》かった。

「それにしても、二人《ふたり》きりでとじこめられるとかさー。何《なに》もなかったの？」

アサギ先《せん》パイにからかわれてあたしは赤《あか》くなったけど、五十嵐《いがらし》先《せん》パイは本気《ほんき》でわからない顔《かお》をして目《め》をまたたく。

そして、ヒビキくんがアサギ先《せん》パイにあきれ顔《がお》をむけた。

「何《なに》かあったら滑舌練習《かつぜつれんしゅう》なんてしないだろ」

とじこめられていたせいでおわらなかったインタビューをどうするか、一度放送室《いちどほうそうしつ》にもどって打《う》ちあわせることになった。

先《さき》を行《い》くアサギ先《せん》パイとヒビキくんの少《すこ》し後《うし》ろを歩《ある》いていたら、横《よこ》から「これ」と五十嵐《いがらし》先《せん》パイに何《なに》かをさしだされる。

例《れい》のラブレター。すっかり忘《わす》れてた！

あたしはその場《ば》で足《あし》をとめ、アサギ先《せん》パイとヒビキくんが先《さき》に放送室《ほうそうしつ》に入《はい》ったのを見《み》とどけると、勇気《ゆうき》をだして五十嵐《いがらし》先《せん》パイに切《き》りだした。

「――ごめんなさい！」

思《おも》いっきり頭《あたま》をさげて今度《こんど》こそあやまる。

「その……それ、放送室《ほうそうしつ》のポストに入《はい》ってたんです」

ひろったラブレターを先《せん》パイにわたせないままだったことを、ぽつぽつと話《はな》した。先《せん》パイはだまって聞《き》いてくれてる。

「あたし……ラブレターを、その……見《み》せたくないって、思《おも》っちゃって」

そう言《い》った瞬間《しゅんかん》、全身《ぜんしん》が音《おと》を立《た》てはじめる。

もし「どうして？」って聞《き》かれたら、正直《しょうじき》に思《おも》ってることを言《い》おうって思《おも》ってた。

ラブレターをかくすなんてズルいことをしちゃったんだから、言《い》わなきゃダメだ。

世界中《せかいじゅう》の音《おと》が自分《じぶん》のドキドキのせいで聞《き》こえなくなる。

じれったいくらいの沈黙《ちんもく》のあと、やがて先《せん》パイが口《くち》をひらいた。

「ラブレター？」

うなずいたあたしと便《びん》せんを見比《みくら》べて、先《せん》パイはなぜか愉快《ゆかい》そうに目《め》もとをゆるめる。

「これ、ラブレターじゃないよ」

「え？」

わけがわからないでいるあたしを、先《せん》パイは放送室《ほうそうしつ》にうながした。

先《せん》パイはそのままスタジオに行《い》くと、おたよりをとっておいてある段《だん》ボール箱《ばこ》のなかから、見覚《みおぼ》えのある花柄《はながら》の便《びん》せんをとりだして見《み》せてくれる。昨日《きのう》、ポストにとどいていたおたよりだという。

『ピアノをやめようか迷《まよ》ってる、というおたよりをこの間《あいだ》だしたんですが、やっぱりつづけることにしました！』

そんな書《か》きだしではじまったおたよりには、その子《こ》がピアノの練習《れんしゅう》で苦労《くろう》した話《はなし》や、発表会《はっぴょうかい》でがんばったという話《はなし》が書《か》かれていた。

『この間《あいだ》おたよりを読《よ》んでもらって色《いろ》んなことを思《おも》いだしました。わたしはピアノが』

そのおたよりは、つづきがありそうなのにそこで途切《とぎ》れている。

もしかして、とあたしは例《れい》のラブレターをそこにくっつけた。

『好《す》きです。』

……この子《こ》が好《す》きなのは、五十嵐《いがらし》先《せん》パイじゃなくてピアノってこと……？

どうやらあたしがひろった便《びん》せんは、二枚《まい》で一セットのおたよりの、二枚目《まいめ》だったってことらしい。

「最後《さいご》に書《か》いてあるこれ」

先《せん》パイが便《びん》せんに書《か》かれてる『五十嵐《いがらし》くんに読《よ》んでほしいです☆』を指《ゆび》さした。

「この人《ひと》が前回《ぜんかい》だしてくれたおたよりをぼくが読《よ》んだから、またぼくに読《よ》んでほしいってことじゃないかな」

「あ……そうなんですか」

気《き》が抜《ぬ》けたような、はずかしいような。気《き》持《も》ちの整理《せいり》がつかなくて、もういっそ逃《に》げちゃいたい。

そんなあたしに、「もしかして」と先《せん》パイは声《こえ》をひそめた。

「アサギやヒビキに見《み》つからないように持《も》っててくれてたの？」

機材室《きざいしつ》のほうにいるアサギ先《せん》パイとヒビキくんのほうをチラと見《み》て、五十嵐《いがらし》先《せん》パイは言《こと》葉《ば》をつづけた。

「ラブレターとか聞《き》いたら、アサギがまたからかってきそうだし」

全然《ぜんぜん》ちがう。

ちがうんだけど、ここで「先《せん》パイのことが好《す》きだからです！」なんてことはまさか言《い》えないし……。

あたしが反応《はんのう》できないでいたら、先《せん》パイは「ありがとう」なんてお礼《れい》を言《い》ってくれて、あぁもうなんだかごめんなさい。

「ラブレターなんてもらうわけないのに」

そう小《ちい》さく笑《わら》って先《せん》パイはバラバラになってた便《びん》せんをひとまとめにすると、段《だん》ボール箱《ばこ》にもどした。

先《せん》パイはやさしいし、背《せ》も高《たか》いし、よく通《とお》るいい声《こえ》でカッコいいし、かくれファンが多《おお》い。

さっきのおたよりの子《こ》だって、ピアノが好《す》きって書《か》いてはいたけど、『五十嵐《いがらし》くんに読《よ》んでほしいです☆』ってわざわざ書《か》いてるくらいだし、先《せん》パイのファンにちがいない。

ラブレターなんてもらうわけない――はずがないのに。

疑《うたぐ》り深《ぶか》いあたしは聞《き》いてみる。

「先《せん》パイ、ラブレターもらったこと、ホントにないんですか？」

「ないよ」

じゃあ、あたしが書《か》いてもいいですか？

って聞《き》きたくなったけど、いくらニブい先《せん》パイでも、さすがにそれはバレバレだし言《い》わないでおく。

それに、せっかく放送部《ほうそうぶ》なんだから、気持《きも》ちは文字《もじ》じゃなくて声《こえ》で伝《つた》えたい。

先《せん》パイは壁《かべ》の時計《とけい》を見《み》た。

「インタビュー、今日中《きょうじゅう》に全部《ぜんぶ》おわらせるのはムリそうだね。残《のこ》りは明日《あした》かな」

「明日《あした》も活動《かつどう》できるんですか？」

「先生《せんせい》が許可《きょか》してくれれば」

夏休《なつやす》みまであと少《すこ》し。活動日《かつどうび》が増《ふ》えて、先《せん》パイと会《あ》える時間《じかん》が一分一秒《いっぷんいちびょう》でも増《ふ》えるなら大歓迎《だいかんげい》だ。

先《せん》パイが機材室《きざいしつ》のほうへ歩《ある》きだしたのを見《み》て、あたしは思《おも》いきってひきとめた。

「……先《せん》パイ！」

ふりかえって足《あし》をとめた先《せん》パイに近《ちか》づくと、あたしは先《せん》パイのシャツの背中《せなか》を軽《かる》くはらった。

「シャツ、汚《よご》れてました」

「ありがとう」

アサギ先《せん》パイとヒビキくんに声《こえ》をかける五十嵐《いがらし》先《せん》パイを目《め》で追《お》って、あたしは小《ちい》さくガッツポーズをしてから心《こころ》のなかでジタバタした。

（おわり）

きみとわたしの30センチ
席《せき》がえで、高身長男子《こうしんちょうだんし》・田中《たなか》の
となりになったユリだけど…？
野々村花《ののむらはな》・作《さく》
姫川恵梨《ひめかわえり》・絵《え》

きみとわたしの30センチ
水沢《みずさわ》ユリ
小学《しょうがく》6年生《ねんせい》。
背《せ》が低《ひく》いことが
コンプレックス!(泣《なき》)
そんなわたしが
席《せき》がえで
クラス1背《せ》の高《たか》い田中《たなか》の
となりの席《せき》に!
まわりから
「大小《だいしょう》コンビ」なんて
からかわれるけど…!?

わたし、水沢《みずさわ》ユリ、12歳《さい》。

きょう、とっても大事《だいじ》なことに気《き》づきました。

それは。

学校《がっこう》の席替《せきが》えでいちばんたいせつなのは、「どこの席《せき》になるか」じゃない。

「だれのとなりになるか」ってこと！！！


(よいしょ、よいしょ。うー、重《おも》い)

教室《きょうしつ》の左《ひだり》の窓《まど》から2列《れつ》目《め》の、前《まえ》から3番目《ばんめ》。

ホームルームが終《お》わって、くじ引《び》きで決《き》まった場所《ばしょ》に、机《つくえ》を運《はこ》ぶと、わたしの左《ひだり》どなりに、ちょうど田中翔也《たなかしょうや》が机《つくえ》を運《はこ》んできた。

「田中《たなか》。となりの席《せき》になるの、はじめてだね！」

わたしよりずっと背《せ》の高い田中《たなか》を見《み》あげて、にこっと笑《わら》ってみる。けど。

「あー……。うん」

田中《たなか》は一瞬《いっしゅん》だけチラリとこっちを見《み》たあと、すぐにわたしから目《め》をそらして、いすに座《すわ》って下校《げこう》の準備《じゅんび》をはじめた。

うーん。こういうのを、「先行《さきゆ》き不安《ふあん》」って言《い》うんだよね？

「うーわっ、翔也《しょうや》と水沢《みずさわ》、席《せき》がとなりとか！　身長差《しんちょうさ》ありすぎ！」

「親子《おやこ》みたいだな！」

「さすが、６年《ねん》２組《くみ》の大小《だいしょう》コンビ！」

近《ちか》くの席《せき》になった男子《だんし》たちが、こっちを見《み》て笑《わら》うから、わたしは「もー、うるさいっ！」と、その子《こ》たちをにらみつける。

でも、男子《だんし》たちの笑《わら》い声《ごえ》はとまらない。

「よかったな、水沢《みずさわ》。翔也《しょうや》のとなりに座《すわ》ってたら、少《すこ》しは背《せ》がのびるかも」

そう言《い》って、男子《だんし》のひとりがポンポンとわたしの頭《あたま》をたたく。

「あっ。もー！　頭《あたま》さわらないでよっ！　ヘンタイっ」

わたしは、髪型《かみがた》がヘンになってないかと、ふたつに結《むす》んだ髪《かみ》をあわててなでる。

「ヘンタイ！　鈴木《すずき》、ヘンタイって言《い》われた〜〜!!」

ぎゃはははは、と男子《だんし》たちは大笑《おおわら》いしてる。

はぁ。

男子《だんし》って、ほんっと子《こ》どもっぽくて、人《ひと》が傷《きず》つくことをかんたんに言《い》うんだよね。

背《せ》が低《ひく》いこと、気《き》にしてるのに！

チラリ、と田中《たなか》のほうを見《み》てみると、平気《へいき》な顔《かお》で前《まえ》の席《せき》の男子《だんし》とおしゃべりしてる。

田中《たなか》も、男子《だんし》たちになにか言《い》いかえしてくれたらいいのに。

田中《たなか》とわたし、ふたりが「大小《だいしょう》コンビ」なんて、からかわれてるんだからさ！

「大小《だいしょう》コンビ」の大《だい》、田中翔也《たなかしょうや》は、クラスでいちばん背《せ》が高《たか》い男子《だんし》だ。

ひょろりと背《せ》が高《たか》くて、メガネをかけていて、雰囲気《ふんいき》もなんだか落《お》ちついていて、うわさでは、高校生《こうこうせい》にまちがえられたこともあるらしい。

そして、「大小《だいしょう》コンビ」の小《しょう》、わたし水沢《みずさわ》ユリは、身長《しんちょう》１４０・２センチ。

クラスでいちばん背《せ》が低《ひく》い。

そんなわたしたちふたりは、6年生《ねんせい》の1学期《がっき》に、そろって美化委員《びかいいん》になった。

そのとき、「大小《だいしょう》コンビ」なんてイヤな名前《なまえ》をつけられちゃったんだ。

あれから7か月《げつ》。

11月《がつ》になったいまも、わたしの身長《しんちょう》はほとんどのびてないけど、田中《たなか》は……。

「ねー、田中《たなか》、また身長《しんちょう》のびたんじゃない？　いま、何《なん》センチ？」

前《まえ》の男子《だんし》との話《はなし》が終《お》わって、机《つくえ》の中《なか》を整理《せいり》していた田中《たなか》に話《はな》しかけてみると、田中《たなか》はこっちを見《み》ずに、「173センチ」と小《ちい》さな声《こえ》で言《い》った。

「うわっ、すごいね!!」

「べつに」

……はぁ。

田中《たなか》とわたしは、身長《しんちょう》だけじゃなく、性格《せいかく》まで正反対《せいはんたい》だ。

田中《たなか》は、うれしいとか悲《かな》しいとか、そういうのがあんまり顔《かお》にでない。

仲《なか》のいい男子《だんし》たちと話《はな》しているときは楽《たの》しそうだけど、女子《じょし》とはほとんど話《はな》さないし。

委員会《いいんかい》のとき、わたしが話《はな》しかけても、いっつも「うん」「ああ」「べつに」ばっか。

4月《がつ》のはじめのころは、もう少《すこ》し話《はな》しやすかった気《き》がするんだけどな。

反対《はんたい》に、わたしは思《おも》っていることがすぐに顔《かお》にでちゃうタイプ。

うれしいときは、ずっとニヤニヤしちゃうし、イヤなことがあったら、「もう6年生《ねんせい》なんだから泣《な》かない」って思《おも》うのに、涙《なみだ》がじわっと目《め》にたまってしまう。

そして、おもしろいことがだいすき!

だから……、席替《せきが》えで田中《たなか》のとなりになって、ちょっとだけ、がっかりしてる。

田中《たなか》は、まじめだし、ヘンなこと言《い》わないし、イヤってわけじゃないんだけど。

もっと、明《あか》るくておもしろい男子《だんし》の横《よこ》がよかったなー……なんて。

だってわたし、あしたから毎日《まいにち》、田中《たなか》とどんな話《はなし》をしたらいいんだろう……。

そう思《おも》いながら、机《つくえ》の下《した》からはみだしている田中《たなか》の上靴《うわぐつ》をながめる。

足《あし》、長《なが》いなー。なにをしたら、こんなに背《せ》が高《たか》くなるんだろ。

わたしだって、給食《きゅうしょく》はほとんど残《のこ》さずに食《た》べてるし、牛乳《ぎゅうにゅう》もいっぱい飲《の》んでるのに。

どうして30センチ定規《じょうぎ》1本分《ぽんぶん》も差《さ》ができちゃうのかなー。

そのとき。わたしの頭《あたま》の中《なか》でさっきのバカ男子《だんし》のひとことがよみがえった。

『よかったな、水沢《みずさわ》。翔也《しょうや》のとなりに座《すわ》ってたら、少《すこ》しは背《せ》がのびるかも』

さっきは、「意味《いみ》わかんない!!」って思《おも》ったけど。

「田中《たなか》っ！」

思《おも》ったよりも大《おお》きな声《こえ》がでて、田中《たなか》がギョッとした顔《かお》をしているけど、気《き》にしない。

「あのね、わたし、どうしても田中《たなか》みたいに背《せ》が高《たか》くなりたいんだ。だから……、背《せ》が高《たか》くなる方法《ほうほう》、教《おし》えて！」

「はあっ!?」

田中《たなか》は、びっくりした顔《かお》でわたしをじっとみつめる。

「おねがい！」

顔《かお》の前《まえ》で手《て》を合《あ》わせると、田中《たなか》は、「べつに……」となにか言《い》いかける。

「え、なに？」

「いや、背《せ》が高《たか》くなる方法《ほうほう》なんて、知《し》らないし」

「田中《たなか》がふだんやってることを教《おし》えてくれるだけでいいの！　だめ？」

「……だめっていうか……」

「いいの!?　ありがとう!!」

わたしは思《おも》わずガッツポーズをしてよろこぶ。

田中《たなか》は、そんなわたしにあきれたみたいで、大《おお》きなため息《いき》をついた。

＊

席替《せきが》えの次《つぎ》の日《ひ》。

給食《きゅうしょく》の時間《じかん》、４人組《にんぐみ》で机《つくえ》をくっつけて、むかいに座《すわ》っている田中《たなか》の右手《みぎて》を、わたしはずっと見《み》てる。

きょうのメニューは、鶏肉《とりにく》とじゃがいもの煮物《にもの》、卵《たまご》スープ、ごはん。

田中《たなか》は、まず卵《たまご》スープを少《すこ》し飲《の》んで、それからごはん、それからにんじん……。

「……そんなに見《み》られると、食《た》べにくいんだけど」

田中《たなか》がそう言《い》っておはしを持《も》つ手《て》をとめた。

「ごめん、ごめん。気《き》にしないで」

そう言《い》って、わたしは卵《たまご》スープを一口《ひとくち》飲《の》んだ。

それからごはん、それからにんじん、と、田中《たなか》が食《た》べたとおりの順番《じゅんばん》で口《くち》に入《い》れる。

「ユリちゃん、本気《ほんき》だね〜。がんばって！」

同《おな》じ班《はん》で、わたしのとなりで給食《きゅうしょく》を食《た》べていた亜矢《あや》ちゃんが言《い》うと、亜矢《あや》ちゃんの前《まえ》に座《すわ》っている小田《おだ》が、

「がんばってもムダだろ。食《た》べる順番《じゅんばん》マネしたら背《せ》が高《たか》くなるんじゃないか、なんて」

と言《い》って笑《わら》うけど、わたしはぜんぜん平気《へいき》。

「やってみなきゃ、わかんないもん」

すると、亜矢《あや》ちゃんがわたしの味方《みかた》をしようとしてくれたのか、「わたしは、ユリちゃんの言《い》ってること、わかるよ」と言《い》った。

「うちのお母《かあ》さん、『食《た》べる順番《じゅんばん》ダイエット』っていうのやってるんだ。ごはんを食《た》べるとき、野菜《やさい》から食《た》べたら太《ふと》らないんだって。それといっしょで、もしかしたら、身長《しんちょう》がのびるかのびないかって、食《た》べる順番《じゅんばん》が大事《だいじ》なのかも」

そう、亜矢《あや》ちゃんが言《い》ってくれるけど、小田《おだ》は首《くび》を横《よこ》にふる。

「いや、無理《むり》だろ。それ、うちの母《かあ》さんもやってたけど、ぜんぜんやせてないし」

「うちのお母《かあ》さんはちょっとやせたよ！」

言《い》いあいする亜矢《あや》ちゃんと小田《おだ》をよそに、わたしはじっと田中《たなか》を見《み》あげる。

「田中《たなか》。今朝《けさ》、なに食《た》べた？」

「パンと、目玉焼《めだまや》き」

「ふーん。パンか。目玉焼《めだまや》きにはなにをかけたの？　しょうゆ？　ソース？」

「……ケチャップとマヨネーズ」

「ケチャップとマヨネーズ！！」

なるほど、なるほど、と、わたしは頭《あたま》の中《なか》でメモするみたいにしっかり覚《おぼ》えた。

目玉焼《めだまや》きにケチャップとマヨネーズをかけるなんて、考《かんが》えたこともなかった。これは、試《ため》してみる価値《かち》あり、かも。

きのう、田中《たなか》が協力《きょうりょく》してくれることになってから、家《いえ》で考《かんが》えたんだ。

とにかく田中《たなか》がやってること、ぜんぶマネしてみようって。

「あ、牛乳《ぎゅうにゅう》は？　給食以外《きゅうしょくいがい》で、いつも何《なん》杯《ばい》くらい飲《の》む？」

「飲《の》まない。あんま好《す》きじゃないから」

「え!!」

わたしは心《こころ》の底《そこ》からびっくりする。

だって、身長《しんちょう》をのばすためには、牛乳《ぎゅうにゅう》を飲《の》むのがいちばんだと思《おも》ってたのに。

「牛乳《ぎゅうにゅう》と身長《しんちょう》って、もしかして関係《かんけい》ないのかな……」

ガーン。ショックを受《う》けていると、

「そういえば」とめずらしく田中《たなか》が自分《じぶん》から話《はな》しだす。

「関係《かんけい》ないかもしれないけど、オレ、兄《あに》貴《き》が部活《ぶかつ》の朝練《あされん》あるから、すごく早《はや》く寝《ね》てる」

「あー！　睡眠時間《すいみんじかん》か‼」

田中《たなか》は小《ちい》さくうなずく。

「身長《しんちょう》のばすには、たくさん寝《ね》るのが大事《だいじ》らしい。ネットにもそう書《か》いてあった」

田中《たなか》はさらりとそう言《い》ったけど、わたしはびっくりしてしまう。

「え、もしかして田中《たなか》、わざわざネットで調《しら》べてくれたの？」

「え」

田中《たなか》の目《め》が、泳《およ》ぐ。

わ！　やっぱ、わざわざ調《しら》べてくれたんだ！

田中《たなか》、すっごくいいヤツじゃん！

「ほんとに、ありがと！」

そう言《い》うと、田中《たなか》はちょっとはずかしそうに首《くび》を横《よこ》にふった。

うつむいた顔《かお》が少《すこ》し赤《あか》くなっていた。

「えー！　田中《たなか》、いいヤツだね！」

「でしょ〜」

学校《がっこう》の帰《かえ》り道《みち》。

わたしは、大親友《だいしんゆう》の果穂《かほ》ちゃんと祐奈《ゆうな》ちゃんに、きょうの出来事《できごと》を話《はな》している。

「田中《たなか》って、クールな性格《せいかく》だと思《おも》ってたけど、けっこうやさしいんだね」

ほんわかやさしい祐奈《ゆうな》ちゃんが、ひとつにまとめた長《なが》い髪《かみ》をゆらして笑《わら》う。

「ね。でも、そういえば、修学旅行《しゅうがくりょこう》で同《おな》じ班《はん》だったとき、みんなが遊《あそ》ぶのに夢中《むちゅう》になってても、ちゃんと時間配分《じかんはいぶん》を考《かんが》えてくれてたの、田中《たなか》だったよね。田中《たなか》がいたから、わたしたちの班《はん》って、人気《にんき》のアトラクションに全部乗《ぜんぶの》れて、集合時間《しゅうごうじかん》にもちゃんとまにあったんだと思《おも》う」

果穂《かほ》ちゃんが思《おも》いだすようにそう言《い》って、わたしはびっくりしちゃう。

果穂《かほ》ちゃんって、ほんとにすごいんだ。

頭《あたま》もいいし、しっかりしてるし、バスケも上手《じょうず》だし、ついでに背《せ》も高《たか》い。

しかも、すごくやさしくて、みんなのことよく見《み》てると思《おも》う。

だって、田中《たなか》が時間《じかん》のこと考《かんが》えてくれてたなんて、わたしはぜんぜん気《き》づかなかった。

「そうだっけ？　班長《はんちょう》の有村《ありむら》は『やっぱりしっかりしてるな～』って思《おも》ったけど、田中《たなか》のこと、ぜんぜん覚《おぼ》えてない、わたし」

祐奈《ゆうな》ちゃんが言《い》うと、果穂《かほ》ちゃんは少《すこ》しこわい顔《かお》をして首《くび》を横《よこ》にふる。

「有村《ありむら》は、班長《はんちょう》だったんだから当《あ》たり前《まえ》だよ。そんなにしっかりしてないし。わたしは、田中《たなか》のほうがずっとおとなだなーって思《おも》った」

有村拓海《ありむらたくみ》はクラスでいちばんの人気男子《にんきだんし》。

明《あか》るくて、みんなにやさしくて、スポーツも勉強《べんきょう》もできて、顔《かお》もかっこいい。

そして、果穂《かほ》ちゃんの幼《おさな》なじみなんだ。

だからか、果穂《かほ》ちゃんはふだん、人《ひと》の悪口《わるくち》なんて言《い》わない子《こ》なんだけど、わたしや祐奈《ゆうな》ちゃんが有村《ありむら》をほめたら、「そんなにすごくない」とか「当《あ》たり前《まえ》」とか、有村《ありむら》のことだけは、少《すこ》しだけ悪《わる》く言《い》う。

そういうときの果穂《かほ》ちゃんは、いつものしっかり者《もの》の果穂《かほ》ちゃんよりちょっと子《こ》どもっぽくて、なんかかわいい。

「でも、よかったね、ユリちゃん。田中《たなか》のとなりの席《せき》、わるくないかも！」

「うん！」

わたしは大《おお》きくうなずく。

田中《たなか》とは気《き》が合《あ》わない、なんて思《おも》ってたけど、なんだか仲《なか》よくなれる気《き》がしてきた。

それで、身長《しんちょう》ものびたら、サイコーじゃない!?

このとき、わたしはすごくワクワクした気分《きぶん》だった。

あとで、田中《たなか》のせいでいっぱい悩《なや》むことになるなんて、思《おも》いもしなかったから。

＊

席替《せきが》えから1週間《しゅうかん》。水曜日《すいようび》の5時間目《じかんめ》。

6年生《ねんせい》はみんなで、あしたからはじまる図工展《ずこうてん》の準備《じゅんび》をしてるんだけど……重《おも》いっ。

「よいしょ、よいしょ」

わたしたちは、図工展《ずこうてん》を見《み》にきた人《ひと》の休憩室《きゅうけいしつ》をつくるために、体育館《たいいくかん》の舞台《ぶたい》の下《した》からパイプいすをだして、体育館《たいいくかん》と同《おな》じ1階《かい》のいちばん奥《おく》の空《あ》いてる教室《きょうしつ》まで運《はこ》んでいる。

パイプいすって、重《おも》いし大《おお》きいし、背《せ》が低《ひく》いわたしには、なんか運《はこ》びにくいんだよね。

クラスの子《こ》たちは、次《つぎ》から次《つぎ》へと運《はこ》んでるけど、わたしはゆーっくりしか進《すす》めない。

さいしょは3人《にん》いっしょにいた果穂《かほ》ちゃんと祐奈《ゆうな》ちゃんとも、バラバラになっちゃった。

「水沢《みずさわ》」

名前《なまえ》を呼《よ》ばれてふりかえると、田中《たなか》が困《こま》ったような顔《かお》をしてこっちを見《み》てる。

両腕《りょううで》に2脚《きゃく》ずつ、ぜんぶで4脚《きゃく》のパイプいすを持《も》って。

「田中《たなか》。なに？」

「そこ、傷《きず》できてる」

「え？　うそっ、サイアクっ」

わたしは、ちょっと引《ひ》きずっていたいすを、あわてて持《も》ちあげる。

ろう下《か》の床《ゆか》に、いすがこすれたあとが白《しろ》い線《せん》になって残《のこ》っていた。

「うわー、だいじょうぶかな、先生《せんせい》、怒《おこ》ると思《おも》う？」

「いや、それは平気《へいき》だと思《おも》うけど……水沢《みずさわ》、なんでふたつも持《も》ってんの？　ムリしないで、ひとつずつ運《はこ》んだらいいだろ」

「だって……」

だって、みんな少《すく》なくても2脚《きゃく》ずつ運《はこ》んでるんだもん。

わたしだけ1脚《きゃく》しか運《はこ》べないなんて、くやしいじゃん。

でも……。

こんなにゆっくりしか運《はこ》べなくて、ろう下《か》に傷《きず》までつくっちゃうなんて……、わたしって、すごく役立《やくた》たずだ。

わたしは、なさけなくて泣《な》きそうになったのをこらえて、田中《たなか》を見《み》あげてニヤリと笑《わら》う。

「田中《たなか》、細《ほそ》いのに、すっごい力持《ちからも》ちだね！　いますぐ引《ひ》っ越《こ》し屋《や》さんの社長《しゃちょう》さんになれるよ！」

「いす4つ持《も》ってるだけで、おおげさだろ」

田中《たなか》がぷっと笑《わら》う。

そんな田中《たなか》を見《み》て、わたしもつられて笑《わら》う。

ふだんはほとんど身長《しんちょう》の話《はなし》ばっかりだけど、田中《たなか》はよく笑《わら》うようになった、と思《おも》う。

たまーに、だけど、いまみたいに田中《たなか》から話《はな》しかけてきたりもするし。

わたしはそれがうれしくて、田中《たなか》を笑《わら》わせたくて、ちょっぴり変《へん》なことをわざと言《い》ってみたりする。

だから、田中《たなか》はわたしのこと、すごくバカだと思《おも》ってるかも、と思《おも》ったりもするんだけど、でも、なかなか笑《わら》わない子《こ》を笑顔《えがお》にさせるのって、宝物《たからもの》さがしみたいでなんか楽《たの》しい。

「水沢《みずさわ》。それ、持《も》つよ」

「え」

田中《たなか》が、わたしが持《も》っていたいすを取《と》ろうとするから、あわてていすをかかえる。

「だいじょうぶだって！　田中《たなか》、もう４つも持《も》ってるじゃん！」

「あとふたつくらいなら持《も》てる」

「でも、わたしも運《はこ》ばないと！」

「……じゃあ、あとひとつ。水沢《みずさわ》もいっこ持《も》って」

そう言《い》って、田中《たなか》は、わたしが持《も》っていたいすの１脚《きゃく》をひょいと左腕《ひだりうで》にかけ、スタスタ歩《ある》きだした。

わぁ。

胸《むね》のあたりがふわっとあたたかくなった。

こんなふうに、同《おな》い年《どし》の男子《だんし》にやさしくしてもらったの、はじめてだ。

なんだかちょっとはずかしい気持《きも》ちと、うれしい気持《きも》ちとドキドキがまじってる。

あわてて田中《たなか》を追《お》いかける。

「田中《たなか》、ありがとう……重《おも》くない？」

「ぜんぜん」

短《みじか》い返事《へんじ》。

ちょっと前《まえ》だったら、「そっけないなー」なんて思《おも》ったかもしれないけど。

だけど、いまは、その短《みじか》さが、男《おとこ》の子《こ》っぽくて、たのもしい、なんて思《おも》っちゃう。

だって、田中《たなか》の中《なか》にあるやさしい気持《きも》ちを知《し》ってるから。

田中《たなか》とならんで、教室《きょうしつ》にパイプいすをおいたら、となりのクラスの先生《せんせい》が、「おつかれさま」と笑顔《えがお》で言《い》ってくれた。

わたしは、ほっとして、ちょっと休《やす》みたいと思《おも》ったけど、先生《せんせい》が教室《きょうしつ》の外《そと》を指《ゆび》さす。

「みんな、おつかれさま。これでバッチリ！　あとは写真撮《しゃしんと》るから、体育館《たいいくかん》にもどって！」

「はーい!!」

先生《せんせい》のことばに、みんないそいで体育館《たいいくかん》にもどる。

「写真《しゃしん》って、卒業《そつぎょう》アルバムの写真《しゃしん》かな？」

「たぶん。うちの兄貴《あにき》のアルバムにも図工展《ずこうてん》の写真《しゃしん》あった気《き》がする」

「そっかー！　卒業《そつぎょう》アルバム、楽《たの》しみだね！　いつもらえるのかな？　知《し》ってる？」

田中《たなか》と話《はな》しながら体育館《たいいくかん》にもどると、わたしたちの描《か》いた絵《え》の前《まえ》に6年《ねん》2組《くみ》のみんなが3列《れつ》にならんでいて、わたしと田中《たなか》も、あわてて3列目《れつめ》の左《ひだり》のはしっこにならぶ。

1列目《れつめ》の子《こ》は座《すわ》ってて、2列目《れつめ》の子《こ》は中腰《ちゅうごし》だから、いくらわたしでもちゃんと顔《かお》が見《み》えるはず、だけど……。

わたしは自分《じぶん》のまわりを見《み》て、はっとする。

この場所《ばしょ》、だめだ。

右《みぎ》に牧野《まきの》、左《ひだり》に田中《たなか》、なんて、いちばんだめ！

背《せ》の高《たか》いふたりの間《あいだ》にいたら、「この子《こ》すごく背《せ》が低《ひく》い！」って思《おも》われちゃう。

そうだ、1列目《れつめ》か2列目《れつめ》なら、背《せ》の高《たか》さがわからないよね！

さっとすばやく動《うご》いて、わたしは、ちょうどひとり分空《ぶんあ》いていた2列目《れつめ》の右《みぎ》のはじに立《た》つ。

左《ひだり》どなりは人気男子《にんきだんし》の有村《ありむら》で、有村《ありむら》も背《せ》が高《たか》いけど、中腰《ちゅうごし》になってるから、問題《もんだい》なし。

「じゃ、撮《と》りまーす！　はい、チーズ！　もう一度《いちど》～。はい、チーズっ！　……はーい、みなさん、ありがとう！」

「ありがとうございました!!」

カメラマンのおじさんにお礼《れい》を言《い》って、6年《ねん》2組《くみ》メンバーは、ざわざわとさわぎだす。

話《はなし》のつづきをしよう、と、田中《たなか》がいたほうにふりむいたら、一瞬《いっしゅん》、目《め》が合《あ》ったと思《おも》ったのに、田中《たなか》は気《き》づかなかったのか、ふいと横《よこ》をむいて牧野《まきの》と話《はな》しだした。

＊

「田中《たなか》、おはよー！」

元気《げんき》よくそう言《い》って、ランドセルを机《つくえ》においたけど、田中《たなか》のようすがいつもとちがう。

「……ああ」

あれ。くらーい感《かん》じ。

どうしたんだろう。

そう思《おも》ったけど、朝《あさ》だし、まだ眠《ねむ》いのかなーと思《おも》って、気《き》にせず話《はな》しかける。

「田中《たなか》、きのうの晩《ばん》ごはん、なんだった？　なにか、背《せ》がのびそうなもの、食《た》べた？」

「…………忘《わす》れた」

そう言《い》って、田中《たなか》はプイッと窓《まど》のほうを見《み》た。

え……？

田中《たなか》、どうしちゃったの……？

きのうはあんなにやさしかったのに。

だいぶ仲《なか》よくなれたと思《おも》ってたのに、仲《なか》よくなる前《まえ》にもどっちゃったみたい。

ううん、前《まえ》にもどったっていうより、悪《わる》くなっちゃったような……。

なにがなんだかわからない。

でも、自分《じぶん》の中《なか》で、元気《げんき》な気持《きも》ちがシューッとしぼんでいくのだけは、わかった。


3時間目《じかんめ》のあとの休《やす》み時間《じかん》。

トイレの鏡《かがみ》の前《まえ》で、にっこりの練習《れんしゅう》をする。

1時間目《じかんめ》の授業中《じゅぎょうちゅう》も、そのあとの休《やす》み時間《じかん》も、がんばって話《はな》しかけてみたけど、田中《たなか》はちゃんと返事《へんじ》をしてくれなかった。

もしかして、なにか悩《なや》んでるのかな。

それなら、きのう助《たす》けてもらったかわりに、わたしが元気《げんき》づけてあげたい！

よし。

ろう下《か》でもう一度《いちど》気合《きあ》いを入《い》れて、わたしは教室《きょうしつ》のドアをガラガラとひらく。と。
いちばんに、田中《たなか》の姿《すがた》が目《め》にはいった。
田中《たなか》は、席《せき》に座《すわ》って、楽《たの》しそうに笑《わら》ってる。
その田中《たなか》の目《め》の前《まえ》に立《た》っているのは……亜矢《あや》ちゃんだ。
とつぜん、きゅうっと、胸《むね》が痛《いた》んだ。
どうして。
わたしが話《はな》しかけても、にこりともしてくれなかったのに。
亜矢《あや》ちゃんには、あんな笑顔《えがお》を見《み》せるの？
背《せ》が高《たか》い亜矢《あや》ちゃんと田中《たなか》は、なんだかすごく……おにあい、だ。
そう思《おも》ったら、涙《なみだ》がでそうになって、あわててこらえる。
トイレでにっこり笑《わら》う練習《れんしゅう》なんかしちゃって、バカみたい。
すぐそこにいる田中《たなか》と亜矢《あや》ちゃんのほうを見《み》ないようにして、がたり、と席《せき》に座《すわ》る。
気《き》にしない、気《き》にしない。
そう自分《じぶん》に言《い》い聞《き》かせるけど。

身体《からだ》の左半分《ひだりはんぶん》に、田中《たなか》っていう男子《だんし》のかたまりをひりひりと感《かん》じる。

もう、無理《むり》。

たまらなくなって立《た》ちあがったわたしは、ろう下《か》にいた果穂《かほ》ちゃんのところにいって、次《つぎ》の授業《じゅぎょう》がはじまるギリギリの時間《じかん》まで、前《まえ》の日《ひ》に観《み》たテレビの話《はなし》をした。

＊

「ユリちゃん、だいじょうぶ？」

祐奈《ゆうな》ちゃんとバイバイしたあと、果穂《かほ》ちゃんとふたりの帰《かえ》り道《みち》。

果穂《かほ》ちゃんが心配《しんぱい》そうにわたしの顔《かお》をのぞきこんだ。

「あ、うん、だいじょうぶ」

「ほんと？　きょう、なんかあったんじゃない？　いつもより元気《げんき》ない気《き》がする」

果穂《かほ》ちゃんって、やっぱすごい。

話《はなし》を聞《き》いてもらいたいけど……、どう話《はな》せばいいんだろう。

「あのね……」

わたしは、田中《たなか》と仲《なか》よくなれたと思《おも》ってたのに、きょうは田中《たなか》の態度《たいど》が冷《つめ》たかったこと、それなのに、亜矢《あや》ちゃんとは楽《たの》しそうにおしゃべりしていたことをポツポツと話《はな》す。

「そうか……田中《たなか》、急《きゅう》にどうしたんだろうね」

「たぶん、田中《たなか》はめんどくさかったんじゃないかな、わたしのこと。身長《しんちょう》のことばっか聞《き》かれて、ウザかったとか」

「えー、そんなことないと思《おも》うけどな」

「そんなこと、ある。田中《たなか》はきっと、亜矢《あや》ちゃんみたいに背《せ》が高《たか》くておとなっぽい女《おんな》の子《こ》が好《す》きなんだよ。ふたり、なんだかおにあいって感《かん》じだったし。だから、わたしみたいな女子《じょし》とは話《はな》したくないんだよ、きっと」

わたしがそう言《い》うと、果穂《かほ》ちゃんは立《た》ちどまって、すごく真剣《しんけん》な顔《かお》をした。

「ユリちゃん、もしかして……田中《たなか》のことが好《す》きなの？」

「えっ」

そんなわけない。そう言《い》おうと思《おも》ったのに、頭《あたま》の中《なか》に、田中《たなか》が浮《う》かぶ。

きょうの田中《たなか》じゃなくて、席替《せきが》えでとなりになってから、少《すこ》しずつ増《ふ》えた田中《たなか》の笑顔《えがお》。てれて、赤《あか》くなった顔《かお》。それから、いすを持《も》ってくれた、あのとき。

わたし、田中《たなか》のことが好《す》きなの……？

自分《じぶん》でもわからなくて、頭《あたま》の中《なか》がぐるぐるしてなにも言《い》えなくなっちゃったわたしの背《せ》中《なか》を、果穂《かほ》ちゃんはそっとやさしくなでてくれた。

＊

田中《たなか》のことが好《す》き？　好《す》きじゃない？

はっきりとわからないまま、席替《せきが》えから3週間《しゅうかん》が経《た》った。

次《つぎ》の席替《せきが》えの日《ひ》が近《ちか》づいてきているのに、わたしと田中《たなか》はひとことも話《はな》していない。

「おはよう」も「バイバイ」も、なし。

本当《ほんとう》はふつうに話《はな》したいと思《おも》うけど、ムシされたらどうしようと思《おも》って、こわくて話《はな》しかけられなくて……。

それなのに。

わたしは田中《たなか》とふたりきり、美化委員《びかいいん》のそうじ当番《とうばん》で校舎《こうしゃ》の4階《かい》の視聴覚室《しちょうかくしつ》にいる。

うう、気《き》まずい……。

わたしは、ほうきを持《も》つ手《て》を早《はや》く動《うご》かす。

田中《たなか》のことなんて気《き》にしない、と思《おも》うのに。

気《き》にしない、と思《おも》えば思《おも》うほど、田中《たなか》のことが気《き》になる。

ちらっと田中《たなか》を見《み》ると、教室《きょうしつ》のいちばんうしろで、こっちに背《せ》をむけてほうきを動《うご》かしている。

ベージュ色《いろ》のセーターの、細長《ほそなが》い背中《せなか》。

どうしてこっちに背中《せなか》をむけてるの？

いつまでそこそうじしてるの？

こっち、見《み》たくないだけでしょ？

こんなに近《ちか》くにいるのに、田中《たなか》がなにを考《かんが》えてるのか、ぜんぜんわからない。

それが、くやしくて、悲《かな》しくて、不安《ふあん》で、なさけなくて、こっちをむいてほしくて。

「ちょっと田中《たなか》」

思《おも》わず、名前《なまえ》を呼《よ》んでしまう。

田中《たなか》がこっちを見《み》る。

ひさしぶりに目《め》が合《あ》って、弱気《よわき》な自分《じぶん》を見《み》せたくなくて、田中《たなか》をにらみつける。

「いつまでそこやってるの？　わたしのことキライなのはいいけど、そうじはちゃんとやってよ！」

「キライって」

田中《たなか》はおどろいた顔《かお》をして、小《ちい》さく顔《かお》を横《よこ》にふる。

まるで「そんなことない」と言《い》うように。

「うそ。キライなんでしょ。わかるもん」

「いや……」

田中《たなか》は、また小《ちい》さく首《くび》を横《よこ》にふる。

なんなの⁉

ちがうならちがうってハッキリ言《い》えばいいのに。

「……もういい」

わたしは田中《たなか》の横《よこ》をずんずんと通《とお》りすぎて、ほうきをそうじ用具入《ようぐい》れに片《かた》づける。

そして、ドアにむかって歩《ある》きだす。

そうじ、終《お》わってないけど、もう知《し》らない！

「水沢《みずさわ》、待《ま》って」

田中《たなか》が追《お》いかけてくるけど、ムシ。

「待《ま》ってってって」

ドアの引《ひ》き手《て》に手《て》をかけようとした直前《ちょくぜん》、田中《たなか》がすっとドアの前《まえ》にでて立《た》ちふさがった。

「どいてよ」

じっと、田中《たなか》の顔《かお》を見《み》あげる。

田中《たなか》も、まっすぐわたしを見《み》おろす。

「水沢《みずさわ》……オレ……キライじゃなくて、好《す》きだ」

は？

「オレは、水沢《みずさわ》が好《す》きだ」

「はぁっ⁉」

田中《たなか》の顔《かお》が赤《あか》くなって、そのことばがうそじゃないってわかる。けど。

「うそ。田中《たなか》がわたしのこと好《す》きなんて、うそに決《き》まってる」

「うそじゃない」

「だって、わたしが話《はな》しかけたら、超《ちょう》イヤそうな顔《かお》したじゃん！」

「イヤそうな顔《かお》なんてしてない！」

「した！　ちょっと前《まえ》から、話《はな》しかけてもちゃんと返事《へんじ》してくれなくなった！」

「それは……水沢《みずさわ》に、好《す》きな男子《だんし》がいるって思《おも》ったら、なんかふつうに話《はな》せなくなって……」

「え。好《す》きな男子《だんし》？」

「拓海《たくみ》のこと、好《す》きなんだろ？」

「へえ？」

思《おも》わずぽかんとしてしまう。

わたしが有村《ありむら》のことを……!?　なんで!?

わたしが好《す》きなのは、有村《ありむら》じゃなくて……。

「だって、図工展《ずこうてん》の写真撮《しゃしんと》るとき、遠《とお》いのにわざわざ拓海《たくみ》のとなりにいっただろ。だから、ぜったい拓海《たくみ》のこと好《す》きなんだなって。アイツ、明《あか》るくていいヤツだし、女子《じょし》に人気《にんき》だし」

ちょっとイジけたような顔《かお》でそう言《い》った田中《たなか》にむかって、わたしは大《おお》きく首《くび》をふる。

「ちがうちがう！　あれは、有村《ありむら》のとなりだからじゃなくて、2列目《れつめ》の空《あ》いてるところにいったの！　背《せ》が低《ひく》いのがめだたないように、って思《おも》って」

わたしがそう言《い》うと、田中《たなか》は目《め》を丸《まる》くして、「あー……そうだったのか……」と、へなへなとしゃがみこんでしまう。

田中《たなか》、そんなカンちがいしてたんだ。それで、急《きゅう》に態度《たいど》が変《か》わったんだ。

くもり空《ぞら》が晴《は》れるみたいに、わたしの心《こころ》はすうっと軽《かる》くなる。

「なんか、カンちがいして……ごめん」

わたしの足《あし》もとで、ペコリと田中《たなか》が頭《あたま》をさげる。

田中《たなか》がわたしを見《み》あげているのになんだかなれなくて、わたしもしゃがみこむと、目線《めせん》の高《たか》さが同《おな》じになって、なんだかどきっとしちゃう。

「田中《たなか》こそ……、亜矢《あや》ちゃんみたいな子《こ》が好《す》きなのかなって思《おも》ってた」

「え、オレが森田《もりた》を？　なんで？」

「前《まえ》、楽《たの》しそうに話《はな》してたし」

「森田《もりた》と……。覚《おぼ》えてない……」

「2週間《しゅうかん》くらい前《まえ》！　わたしと話《はな》してるときより楽《たの》しそうだった」

わたしがちょっとふくれてそう言《い》うと、田中《たなか》の顔《かお》が赤《あか》くなる。

「それは……、好《す》きな女子《じょし》と話《はな》すと、緊張《きんちょう》するからに決《き》まってるだろ！」

うわっ。わたしのこと、好《す》きな女子《じょし》、だって。

かぁっと、ほおが熱《あつ》くなった。

「美化委員《びかいいん》でいっしょになったときからずっと、いつも一生懸命《いっしょうけんめい》で、いつも笑《わら》って話《はな》しかけてくれる水沢《みずさわ》が好《す》きだった。だから、オレ、もともと女子《じょし》と話《はな》すのヘタなのに、水沢《みずさわ》のこと好《す》きになって、よけいにうまく話《はな》せなくなっちゃったけど、ほんとは、水沢《みずさわ》のとなりの席《せき》になれて、たくさん話《はな》せてうれしかった」

おしゃべりじゃない田中《たなか》が、がんばって気持《きも》ちを伝《つた》えてくれてるのがわかる。

「もうすぐまた席替《せきが》えあるけど、席替《せきが》えしても、ずっと水沢《みずさわ》と話《はな》したい。もっといろんなこと話《はな》したい。だから……」

田中《たなか》は、はぁ、と息《いき》をはいてから、まっすぐわたしを見《み》て、言《い》う。

「水沢《みずさわ》。オレと、つきあってください」

……告白《こくはく》、されちゃった……。

どうしよう、なんて言《い》ったらいいんだろう。

いつもおしゃべりなはずのわたしなのに、ことばがでない。

だけど、返事《へんじ》はもう決《き》まってる。

なにも言《い》わずに小《ちい》さくうなずくと、田中《たなか》は、びっくりした顔《かお》をして、それから、いままで見《み》たことがないくらい、うれしそうに笑《わら》った。

＊

12月1日《がつついたち》。

学校《がっこう》からの帰《かえ》り道《みち》、手《て》が冷《つめ》たくて、わたしはほうっと息《いき》をふきかける。

左《ひだり》どなりには、田中《たなか》がいる。

わたしたちが「つきあう」ことになってから1週間《しゅうかん》ちょっと。

わたしと田中《たなか》は、毎日《まいにち》いっしょに下校《げこう》することになった。

あいかわらず、身長《しんちょう》のことばっか話《はな》してるんだけどね。

「田中《たなか》、お菓子《かし》でなにが好《す》き？」

「ポテトチップス。コンソメ味《あじ》」

「そっかー、じゃ、これから、チョコじゃなくて、ポテトチップス食《た》べる！」

わたしがそう言《い》うと、田中《たなか》が笑《わら》った。

「水沢《みずさわ》は、どうしてそんなに背《せ》が高《たか》くなりたいの？」

「だって、おとなっぽくなりたいし、重《おも》い荷物《にもつ》も運《はこ》べるようになりたいし……それに」

前《まえ》にはなかった、理由《りゆう》。

わたしは田中《たなか》の顔《かお》を見《み》あげる。

すぐとなりを歩《ある》いているのに、なんだか遠《とお》い。

「せっかくとなりにいても、田中《たなか》の顔《かお》、なんか遠《とお》いんだもん。30センチ分《ぶん》」

そう言《い》ったら、田中《たなか》の顔《かお》がぼんっと赤《あか》くなった。

わ、おもしろい。

田中《たなか》って、ほんとにおもしろい。

「田中《たなか》、てれてるの～？」

わたしは、ニヤニヤしながら田中《たなか》の顔《かお》をのぞきこむ。

すると、田中《たなか》がはずかしそうに右腕《みぎうで》で顔《かお》をかくして、そのすきまからじっとわたしを見《み》て。

ふうっと息《いき》をついてから、ちょっと緊張《きんちょう》した顔《かお》で、腕《うで》をおろして。

「じゃあ」とわたしの手《て》を取《と》って……にぎった。

「じゃあ、これでゼロセンチ！」
ぼんっ。こんどは、わたしの顔《かお》が真《ま》っ赤《か》になったのがわかる。
手《て》、つないじゃった――。
田中《たなか》の手《て》、あったかい。
なんだか緊張《きんちょう》して、くすぐったくて、でも、ワクワクする。
この気《き》持《も》ちは、なんだろう。
わたしは、はじめての気《き》持《も》ちをおさえられなくて、つないだ手《て》を大《おお》きく前《まえ》にふった。

（おわり）

作家さん紹介

さっかさん
しょうかい

夜《よる》野《の》せせり

『渚くんをお兄ちゃんとは呼ばない』シリーズ

12月6日、長崎県出身。第6回みらい文庫大賞で優秀賞を受賞。受賞作の『渚くんをお兄ちゃんとは呼ばない～ひみつの片思い～』でデビュー。

◀モテ男子と同居＆初恋のお話です（^^）

イラスト：森乃なっぱ

相《あい》川《かわ》 真《しん》

『青星学園★チームEYE-Sの事件ノート』シリーズ

4月17日生まれ、京都出身。第2回集英社みらい文庫大賞優秀賞受賞。集英社みらい文庫『ハロウィン★ナイト！』でデビュー。

◀放課後♥ドキドキストーリー！

イラスト：立樹まや

作家さん紹介

さっかさん しょうかい

神《こう》戸《べ》遥《はる》真《ま》

『この声とどけ!』シリーズ

イラスト:木乃ひのき

第5回集英社みらい文庫大賞優秀賞受賞。著書に『休日に奏でるプレクトラム』(メディアワークス文庫)がある。

◀放送部が舞台の、部活ラブ★ストーリー!

野《の》々《の》村《むら》花《はな》

『きみとわたしの30センチ』

イラスト:姫川恵梨

兵庫県出身。第3回みらい文庫大賞優秀賞受賞。著書に『わたしがアイドルになれない理由!?』がある。

◀みらい文庫『わたしがアイドルになれない理由!?』もオススメ♪

集英社みらい文庫

5分《ふん》でドキドキ！
超《ちょう》胸《むね》キュンな話《はなし》

夜野《よるの》せせり・相川《あいかわ》 真《しん》・神戸《こうべ》遥真《はるま》・野々村《ののむら》花《はな》 作
森乃《もりの》なっぱ・立樹《たちき》まや・木乃《きの》ひのき・姫川《ひめかわ》恵梨《えり》 絵

✉ファンレターのあて先
〒101-8050 東京都千代田区一ツ橋2-5-10 集英社みらい文庫編集部
いただいたお便りは編集部から先生におわたしいたします。

2018年10月31日 第1刷発行

発行者 北畠輝幸
発行所 株式会社 集英社
〒101-8050 東京都千代田区一ツ橋2-5-10
電話 編集部 03-3230-6246
読者係 03-3230-6080
販売部 03-3230-6393（書店専用）
http://miraibunko.jp
装丁 AFTERGLOW 中島由佳理
本文デザイン AFTERGLOW +++ 野田由美子
印刷 大日本印刷株式会社 凸版印刷株式会社
製本 大日本印刷株式会社

★この作品はフィクションです。実在の人物・団体・事件などにはいっさい関係ありません。

ISBN978-4-08-321467-7 C8293 N.D.C.913 164P 18cm

からのお知らせ

売《う》れてます!!
ドキドキ同居《どうきょ》
×
初恋《はつこい》
×
第《だい》3弾《だん》!
渚《なぎさ》くんをお兄《にい》ちゃんとは呼《よ》ばない
~やきもちと言《い》えなくて~
夜野《よるの》せせり・作《さく》
森乃《もりの》なっぱ・絵《え》
速報《そくほう》!
第《だい》4弾《だん》『渚《なぎさ》くんをお兄《にい》ちゃんとは呼《よ》ばない~あたしだって好《す》き~』
11月《がつ》22日《か》(木《もく》)発売予定《はつばいよてい》!

集英社みらい文庫

学校《がっこう》１のモテ男子《だんし》・渚《なぎさ》くんと
暮《く》らすうちに渚《なぎさ》くんのことが
好《す》きになってしまった、
あたし・鳴沢千歌《なるさわちか》。
ある日《ひ》、渚《なぎさ》くんの幼《おさな》なじみの
美少女《びしょうじょ》「さゆ」が転校《てんこう》してきた。
渚《なぎさ》くんは、さゆだけには特別《とくべつ》な
まなざしをむけていて…？

第《だい》１巻《かん》『～ひみつの片思《かたおも》い～』

パパの再婚《さいこん》で、学校《がっこう》１のモテ男子《だんし》・渚《なぎさ》くんときょうだいに！「おれの妹《いもうと》だな」って、なんでこんなにえらそうなの!?

第《だい》２巻《かん》『～ありえない告白《こくはく》～』

渚《なぎさ》くんとの生活《せいかつ》は、学校《がっこう》のみんなにはヒミツ。そんなある日《ひ》、千歌《ちか》はまんが部《ぶ》の先輩《せんぱい》から告白《こくはく》されて…!?

青《せい》星《せい》学《がく》園《えん》★チームEYE-S《アイズ》の事《じ》件《けん》ノート
シリーズ
相《あい》川《かわ》真《しん》・作《さく》
立《たち》樹《き》まや・絵《え》
第《だい》2回《かい》集《しゅう》英《えい》社《しゃ》
みらい文《ぶん》庫《こ》大《たい》賞《しょう》
優《ゆう》秀《しゅう》賞《しょう》受《じゅ》賞《しょう》作《さっ》家《か》
最《さい》新《しん》作《さく》！
「ともだち《チーム》だけど、スキなのかな？」
4人《にん》のキラキラな男《おとこ》の子《こ》たちと
事《じ》件《けん》に巻《ま》きこまれて!?

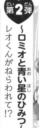

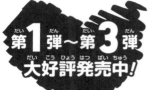

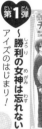

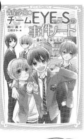

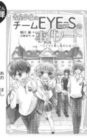

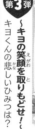

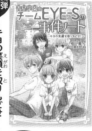

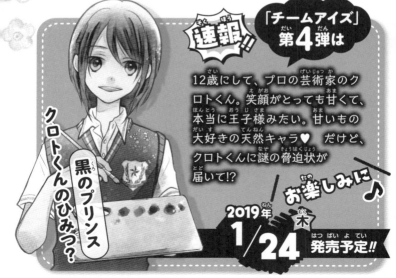

第5回集英社みらい文庫大賞優秀賞受賞者《だいかいしゅうえいしゃぶんこたいしょうゆうしゅうしょうじゅしょうしゃ》の、みらい文庫《ぶんこ》デビュー作《さく》!!
この声《こえ》とどけ!
放送部《ほうそうぶ》にひびく不協和音《ふきょうわおん》!?
神戸遥真《こうべはるま》・作《さく》
木乃《きの》ひのき・絵《え》
「ヒナちゃんと、つきあってるんだ」
その場《ば》しのぎのウソが、放送部《ほうそうぶ》に波乱《はらん》を呼《よ》ぶ――!?

人気上昇中《にんきじょうしょうちゅう》⤴⤴放送部《ほうそうぶ》を舞台《ぶたい》におくる部活《ぶかつ》ラブ★ストーリー!!

第《だい》1・2弾《だん》 大好評《だいこうひょう》 発売中《はつばいちゅう》!!

自分《じぶん》に自信《じしん》のない中《ちゅう》1のヒナ。入学式《にゅうがくしき》の日《ひ》にぐうぜん出会《であ》ったイケメンの五十嵐先《いがらしせん》パイに誘《さそ》われて、放送部《ほうそうぶ》に入《はい》ることに。憧《あこが》れの五十嵐先《いがらしせん》パイに自分《じぶん》を見《み》てもらうために、まずはこのドジ・キャラを捨《す》てよう！　とヒナは部活《ぶかつ》を頑張《がんば》るけれど、放送部《ほうそうぶ》にはクセのある男子《だんし》がいっぱいで……!?

第《だい》1弾《だん》!

「この声《こえ》とどけ！　恋《こい》がはじまる放送室《ほうそうしつ》★」

第《だい》2弾《だん》!!

「この声《こえ》とどけ！　放送部《ほうそうぶ》にひびく不協和音《ふきょうわおん》!?」

速報《そくほう》!!

「この声《こえ》とどけ！」第《だい》3弾《だん》は…

商店街《しょうてんがい》の夏祭《なつまつ》りで司会《しかい》をやることになった放送部《ほうそうぶ》。夏休《なつやす》みも五十嵐先《いがらしせん》パイに会《あ》える！　とウキウキしていたヒナだけど、五十嵐先《いがらしせん》パイの弟《おとうと》・ルイが打《う》ち明《あ》けた重大《じゅうだい》なヒミツが原因《げんいん》で、ヒナの様子《ようす》が一変《いっぺん》!?　おまけに恋《こい》のライバルもあらわれて……!?

2019年《ねん》1月《がつ》24日《か》(木《もく》)発売予定《はつばいよてい》!!　お楽《たの》しみに★

速《そく》報《ほう》！
この本《ほん》でタッグをくんだ
野《の》々《の》村《むら》花《はな》先《せん》生《せい》と
姫《ひめ》川《かわ》恵《え》梨《り》先《せん》生《せい》の
新《しん》作《さく》小《しょう》説《せつ》が
登《とう》場《じょう》♪

みらい文庫《ぶんこ》からのお知《し》らせ

「かなわない、ぜったい。
～きみのとなりで気《き》づいた恋《こい》～」

「わかる!」「あるある!」と思《おも》ってしまう3つの初恋《はつこい》。

舞台《ぶたい》は6年《ねん》2組《くみ》。**席《せき》がえ**をきっかけに、**3人《にん》の女《おんな》の子《こ》**が、**超《ちょう》モテ男子《だんし》・有村《ありむら》くん**に、片思《かたおも》いするお話《はなし》です。

この本《ほん》の「きみとわたしの30センチ」に出《で》てきたユリ&田中《たなか》くんもちょっとだけでるかも…?

12月《がつ》21日《にち》(金《きん》)発売《はつばい》!

から逃《に》げきれ!!!!
命《いのち》がけの
鬼《おに》ごっこ
スタート!
学《がっ》校《こう》内《ない》でライオンが暴《ぼう》走《そう》!
弟《おとうと》・蓮《れん》と同《どう》級《きゅう》生《せい》・陽《ひ》菜《な》と逃《に》げる!
大《だい》コーフン
学園《がくえん》ホラー
第《だい》1弾《だん》
夏休《なつやす》み、忘《わす》れ物《もの》をとりに
緑ヶ原小《みどりがはらしょう》に向《む》かった兄弟《きょうだい》、大地《だいち》と蓮《れん》。
学校《がっこう》に入《はい》ると突然《とつぜん》、
どう猛《もう》なライオンがあらわれた
飼育委員《しいくいいん》をしていた陽菜《ひな》もまきこんで、
ツメやキバをむきだしにしておそってくる
ライオンから学校中《がっこうじゅう》を逃《に》げまわる!!
緊急事態《きんきゅうじたい》のなか、大地《だいち》は蓮《れん》と陽菜《ひな》に
ある秘密《ひみつ》を打《う》ち明《あ》けるが…
3人《にん》は無事《ぶじ》に家《いえ》に
帰《かえ》れるか…!?

凶暴化した猛獣

大地が目にしたものは…!?

仲間と協力して脱出を試みるか…!?

猛獣学園！アニマルパニック

緑川聖司 作
畑 優以 絵

百獣の王ライオンから逃げきれ！

2018年11月22日(木)発売予定！

「みらい文庫《ぶんこ》」読者《どくしゃ》のみなさんへ

言葉《ことば》を学《まな》ぶ、感性《かんせい》を磨《みが》く、創造力《そうぞうりょく》を育《はぐく》む……、読書《どくしょ》は「人間力《にんげんりょく》」を高《たか》めるために欠《か》かせません。
たった一枚《いちまい》のページをめくる向《む》こう側《がわ》に、未知《みち》の世界《せかい》、ドキドキのみらいが無限《むげん》に広《ひろ》がっている。
これこそが「本《ほん》」だけが持《も》っているパワーです。

学校《がっこう》の朝《あさ》の読書《どくしょ》に、休《やす》み時間《じかん》に、放課後《ほうかご》に……。いつでも、どこでも、すぐに続《つづ》きを読《よ》みたくなるような、魅力《みりょく》に溢《あふ》れる本《ほん》をたくさん揃《そろ》えていきたい。読書《どくしょ》がくれる、心《こころ》がきらきらしたり胸《むね》がきゅんとする瞬間《しゅんかん》を体験《たいけん》してほしい、楽《たの》しんでほしい。みらいの日本《にほん》、そして世界《せかい》を担《にな》うみなさんが、やがて大人《おとな》になった時《とき》、「読書《どくしょ》の魅力《みりょく》を初《はじ》めて知《し》った本《ほん》」「自分《じぶん》のおこづかいで初《はじ》めて買《か》った一冊《いっさつ》」と思《おも》い出《だ》してくれるような作品《さくひん》を一所懸命《いっしょけんめい》、大切《たいせつ》に創《つく》っていきたい。

そんないっぱいの想《おも》いを込《こ》めながら、作家《さっか》の先生方《せんせいがた》と一緒《いっしょ》に、私《わたし》たちは素敵《すてき》な本作《ほんづく》りを続《つづ》けていきます。「みらい文庫《ぶんこ》」は、無限《むげん》の宇宙《うちゅう》に浮《う》かぶ星《ほし》のように、夢《ゆめ》をたたえ輝《かがや》きながら、次々《つぎつぎ》と新《あたら》しく生《う》まれ続《つづ》けます。

本《ほん》を持《も》つ、その手《て》の中《なか》に、ドキドキするみらい――。

本《ほん》の宇宙《うちゅう》から、自分《じぶん》だけの健《すこ》やかな空想力《くうそうりょく》を育《そだ》て、〝みらいの星《ほし》〟をたくさん見《み》つけてください。
そして、大切《たいせつ》なこと、大切《たいせつ》な人《ひと》をきちんと守《まも》る、強《つよ》くて、やさしい大人《おとな》になってくれることを心《こころ》から願《ねが》っています。

2011年《ねん》　春《はる》

集英社《しゅうえいしゃ》みらい文庫編集部《ぶんこへんしゅうぶ》